你会如何回忆我

王绍帅 —— 著

中国友谊出版公司

图书在版编目（CIP）数据

你会如何回忆我 / 王绍帅著. — 北京 ：中国友谊出版公司，2021.1

ISBN 978-7-5057-5088-3

Ⅰ. ①你… Ⅱ. ①王… Ⅲ. ①长篇小说－中国－当代 Ⅳ. ①I247.5

中国版本图书馆CIP数据核字(2021)第014821号

书名 你会如何回忆我

作者 王绍帅

出版 中国友谊出版公司

发行 中国友谊出版公司

经销 新华书店

印刷 唐山富达印务有限公司

规格 880×1230毫米 32开

8印张 145千字

版次 2021年8月第1版

印次 2021年8月第1次印刷

书号 ISBN 978-7-5057-5088-3

定价 39.80元

地址 北京市朝阳区西坝河南里17号楼

邮编 100028

电话 （010）64678009

献给未曾谋面的你

目录

1

许 诺

二〇一三年的六月，我的朋友城子在家乡孟官镇的红楼教堂里离奇死亡，那年他二十五岁。虽然他不是孟官第一个死于非命的人，却引发了孟官人对死亡的恐慌情绪。从某种意义上说，城子的死亡意味着我们记忆里那个安静平和的小镇成为永远的过去。直到很多年以后，人们才在落寞的黄昏里想起连绵成片的褐色屋顶和明亮温暖的胡同，以及老槐树下匆匆而过的旧日时光。

城子出事的那天，我正和团队成员在银河大厦的一家金融公司里进行广告提案。

那次提案对我们很重要，可以说是兴亡之战。临行前事业部领导把我叫到办公室，询问准备得怎么样。我给了他一个坚定的眼神，让他放心，说等我们的好消息。为了这个项目，我们团队六个人已经连续加班两个星期，参考了几十个竞品案例，才确定了现在的策略方向。我相信我们已经做好了准备，甚至可以说是万全的准备，虽然一周之前协助的设计团队敷衍塞责，抱怨说我们提出的创意画面难以实现，但我们还是排除种种困难，在提交前完成了方案初稿。前一天下午，我们在公司的会议室里做了预演，听取各方意见，又进行了再次修改。整个方案写完的时候，已经是凌晨三点了。两个同事支撑不住，趴在电脑桌上睡着了。我松了口气，合上电脑，起身望着窗外的北京，夜幕下灯光点点，东边的天空隐隐发白，好像一条洗得发旧的藏青色幕布。

那次的竞争对手里有一个是我的老东家，在会议室外的走廊上等候的时候，刚好碰到了以前的创意总监。我站起来跟她打了个招呼。她稍微挺直腰背，露出标准的微笑，伸出手说，许诺，好久不见啊。

我笑着和她握了握手说，叶姐，好久不见。她挑了挑眉说，想不到这回咱们成了对手。我说，我也没想到，您要小心了。她说，不怕，我们有备而来。我说，我们是破釜沉舟。她笑了笑，笑容里有些轻蔑的意味。

我看看她的团队成员，全是新鲜面孔，一个也不认识，回道，叶姐，一切顺利。她又笑了一下说，我们要是顺利，你就不顺利了。我说，大家都顺利。她说，好，以后有机会合作。

正在那时，客户的市场经理周圆走出来叫我，许诺，该你们了。我跟叶姐点头告别，带着同事们走进了会议室。

会议室里坐了整整一排的客户方代表。周圆为我们做了简短的介绍，哪个是市场部总监，哪个是公司副总经理，但我依然有点恍惚，记不住人。走上讲台以后，周圆给我倒了一杯茶水，低声嘱咐我好好表现。我“嗯”了一声，打开电脑，准备讲演。当我抬起头来、看到众人期盼的眼神时，突然就想起了这些年在北京的风风雨雨，好像那么长的时光都被挤压成了一瞬间。

刚到北京的时候，我住在北五环外的天通苑，据说那是全国最大的居住社区，聚集着来自五湖四海的北漂青年。从天通苑到市里上班的地方，大概二十多里地，需要换乘两次地铁，花费一个小时二十分钟的时间。即使这样，我还是对生活充满了希望，每天在闹铃声中醒来，和同住的六个租客抢占唯一的卫生间，每次只用十五分钟，然后就套上外套匆匆忙忙赶往地铁站。无论什么时候，地铁站外都排着长长的蛇形队伍，人和人贴在一起，挪着步子前行，头顶不时有列车轰隆隆疾驶而过。上车以后则是一段难挨的漫长时光，每个人都带着一张冷漠麻木的脸，望着窗外的景色从开阔而荒凉的土地，变成破败不堪的工厂，变成密不透风的高楼，直到进入漆黑的地下隧道。

我的公司在地铁朝阳门站附近。朝阳门曾是北京运送漕粮的往来之门，昔日粮车络绎不绝，如今则是众多传媒公司的聚集地。当初我选择这份工作，不是因为喜欢，而是初来北京，只想站稳脚跟。多年以后，回想起第一次面试的情形，总让人感慨万千。那是在一间两面落地窗的办公室里，人事经理坐在白色座椅上笑着问我为什么选择北京。我想了想，以一种坚定的语气回答她：因为梦想。

其实那时候的我前途未卜，丝毫看不到未来，甚至能不能拿到大学毕业证也不知道。父亲得知我来了北京，在电话里大发雷霆，让我要么回校要么回家。母亲也在一边好言相劝，觉得我一个人在异乡打拼，让他们很不放心，但是这些都没有动摇我的决心。我说，我不想像你们一样，一辈子守着那个没有前途的百脉饭庄。其实这不是我来北京的原因。他们不知道我为什么这么执拗，我也没有过多解释。后来父亲没有办法，做出妥协，同意我留在北京，但前提是必须完成学业拿到毕业证。他说，家里好不容易出了一个大学生，眼看胜利在望，不能功亏一篑。我答应了他，就这样留在了北京。

北京的生活孤独而艰辛，渐渐磨灭了我想成为一名建筑设计师的梦想。因为第一家公司是个广告公司，所以我就顺其自然进入了广告行业。那时我的领导是个三十岁左右的女人，和印象里那些广告精英不同，她没有精致的妆容和笔挺的工作装，总是穿身宽松的长袍，胸前挂着一块玉石项链，据说是在东南亚旅游时偶然碰到的，一下就入了眼，此后随身佩戴多年。她的性情有些乖张，宽于律己严于待人，生气时就像一只竖起毛的母鸡，火气一下喷发出来，把人骂得无地自容。我在她手下工作了一年零五个月，每天都是提心吊胆地度过，生怕出现半点差池，直到离职那天才真正松了口气，感觉自己好像从阴暗潮湿的牢笼逃了出来，终于可以不再受人控制。当然，我对她的印象也没有那么差，一次庆功宴上她醉酒后因为情感不顺而痛哭流涕的样子，让我知道了每个人的心底都藏着一个无法言说的秘密。

此后的两年里，我在北京城东的区域不断变换工作，直到在一家刚刚成立不久的广告公司坐上创意总监的位置。其实总监仅仅是一个好听的名头，只有对外展示的功能，对内却毫无用处。我的手下有五个人，其中一个是大学刚毕业的实习生，没有一点工作经历，完成的工作虎头蛇尾，常常需要我熬夜完善修改。一个是老板的亲戚，经常迟到早退不说，还依仗后台关系对整个团队的工作颐指气使、妄加评判。一个年过三十能力不济，偷懒之余总是跑到老板办公室打小报告，抱怨我工作分配不合理。幸好另外两人还算得力，因为年轻，也容易相处，和我成了不错的朋友。

那时我已经从天通苑搬到了团结湖，算是住进了市里，原本想在工作之余好好享受生活，然而一旦空闲下来，我就会想起大学时期的那段往事，想起我曾经的朋友城子，就像落在心上一块没有痊愈的疤，每每牵动都会引发疼痛。为此我不得不拼命工作，每天加班，然后在北京的夜色里回家，甚至也没有了恋爱的心思。冥冥之中，似乎总有一股强大的力量推着我不断向前，离曾经的自己越来越远。我在领导和客户之间谈笑风生，游刃有余，却始终无法和一个女孩正常交往，好像得了恋爱恐惧症。

这个问题是我在北京的第二年发现的。那时我们公司刚刚举办完一个品牌宣传活动，客户市场部的一个短发女孩上来问我要联系方式。看着对方精致的妆容和甜美的笑容，我突然紧张得说不出话来，自信和乐观的气场在一瞬间消失得无影无踪。尽管我们留下了联系方式，我也主动邀约了女孩，但是当某天晚上走出电影院，女孩在我的怀抱中想要接吻时，我突然打了一个冷战，觉得头脑发热、脊背发凉，像是被人下了诅咒。此后我才发觉自己始终无法爱上她，于是小心翼翼地提议分手。女孩觉得我欺骗了她的感情，大发雷霆，三天后在电影院旁边的餐厅里将一杯柠檬水泼在了我的脸上，于众人诧异的眼神中离开，再也没有联系过我。

我们就这样结束了关系，从那以后我再也没有谈过恋爱。尽管北漂生涯就像生命里的一块灰色色块，充满寂寞和困苦，但每当有人问起，我都会形容那是青春的一抹余晖，虽然落魄却也美好而纯粹，从此之后，难再重拾。

我收回情绪，稳了稳心神，热情激昂地完成了准备许久的提案。透过客户的面部表情，我知道他们对我们的创意方向很满意。讲完之后，他们又提了几个问题，我们一一做出解答，提案就这样结束了。相互道谢的时候，周圆悄悄朝我竖了个大拇指。这时我才心绪稍安，一切似乎即将尘埃落定。不知道为什么，深藏在脑海里的故乡记忆却如阳光般一下倾泻在眼前，让我恍惚了一下。我在其中看到了少年时期的城子、小满、宁檬和我，一起骑着自行车穿过空旷无人的孟官街，向远方而去。后来我才知道，那个场景对我来说意味着什么。

晚上我们团队一起在公司楼下聚餐，算是对这段忙碌时光的犒赏。觥筹交错间，每个人的脸上都透着隐隐的兴奋。大家一起举杯庆祝，丁洋嘻嘻哈哈地问我拿下客户有什么奖励。我说等忙完了，我们团队一起去旅游。丁洋说，老大，去哪儿啊。韩日、新马泰还是欧洲？我说，怀柔。我喜欢这个名字，有股浪漫的意味。大家一阵哄闹，纷纷对我的回答表示抗议。那天我们都喝了不少酒，也聊了很多事，丁洋站起来嚷着要玩游戏，问服务员有没有扑克牌。服务员说没有。丁洋说，我出去买。就在这时，我接到了小满的电话。

来到北京的这些年，我和小满少有联系。那时候我还没有意识到他的来电有多么重要。丁洋看我站起来，拦住我说，老大，你别逃酒啊。我说，滚，接个电话。大家一下子不作声了，纷纷看着我。我说，私事，你们接着玩。他们“哄”的一声，朝我挥了下手。我走出包间，关门的一刹那，仿佛所有的喧嚣都离我而去，隔绝在了另一个世界。我接起电话，说，小满，你好。

他有些着急忙慌，对我说，许诺，你赶紧回来，城子出事了。

2 许正东

城子死的时间大概是晚上七点，那时我刚刚走出百脉饭庄。

自从被肖光和他手下闹过一次以后，饭庄的生意大不如前。加上市里已经决定对这片地域重新规划，谁都知道支撑不了多久，百脉饭庄早已是个被判了死刑的癌症病人，没有多少时间了。小诺他妈不愿跟他们置气，劝了我很多次，但我就是咽不下这口气。我知道肖光这么做肯定是鸿兵授意的，但是我怎么也没想到，鸿兵竟然不顾邻里情义去找肖光。肖光他们一旦介入，这个事情的味道就变了。前些日子我关了百脉饭庄，在家里待了几天，看着大街上的阳光和树，不知道怎么就想通了，于是吃饭的时候我对小诺他妈说，不行就算了。小诺他妈没听明白，抬头看我，说，你说什么？我说，没什么。她接着低头吃饭。我又说，饭庄不要了，给他们。小诺他妈听明白了，抬头看我一眼，眼里似乎有些明明亮亮的光芒闪过，欲言又止。

第二天下午，也就是城子死的那天下午，我去百脉饭庄清点了一下餐桌餐椅，打算找个时间把它们处理掉。尽管有很多不舍，但是我心里很清楚，过些日子，这个陪伴了我大半辈子的饭庄就不再属于许家了。折腾这么多年，还是把它卖给了鸿兵。早知道是这样的结果，几年前那个春天的下午，鸿兵提着一箱现金来到家里找我谈这事的时候，我就应该答应他，只是那时的我从未想过事情会走到现在这一步。如果当初卖给鸿兵，或许这片区域就不会被拆，现在倒好，可能连百脉饭庄都留不下了。不知道一年以后，这里会不会平地立起一座高楼，覆盖我们所有的生活印记。

决定卖掉百脉饭庄之前，我想了很久，把卖和不卖的利弊都权衡了很多遍，一条条写在纸上，综合考虑了好几个晚上。小诺他妈倒是很淡然，觉得不过是卖掉一个饭店而已，大不了再去别处开一个。可是我觉得，就算换了一个地方，盖个一模一样的房子，做出一模一样的装饰，它也不再是以前的百脉饭庄了，只能是个仿制品，用大家的话说是个假货。我说，要是没了百脉饭庄，我们应该怎么办呢？她说，百脉饭庄不会没有的，黎鸿兵舍不得拆。我说，就算他舍不得，也不再属于我们了。那我们怎么办呢？她说，老话说了，车到山前必有路，不管怎么着，咱们又饿不死。

我在百脉饭庄生活了大半生，好像从来没有做过其他的事情。

小诺他妈说，不行就再找个饭店，给大厨当当助手，也能过活。我说，打下手的事儿，我不干。她说，不行咱们找找鸿兵，帮他管理百脉饭庄。我有点生气，说，你少胡说。虽然我答应把百脉饭庄卖给黎鸿兵，可是我死也不会去给他打工的。这些年来，鸿兵大搞房地产，确实赚了不少钱。可他总是惦记着百脉饭庄，就让我很不痛快。很早之前我就跟他说过，百脉饭庄成了我家的，是有历史原因的。他就是不听。可是我觉得，一旦把百脉饭庄卖给他，我和小诺他妈就等于失业了。小诺现在二十六岁，老大不小了，再过几年就该成家立业了，我这个当父亲的偏偏在他最关键的时刻掉链子，想想都觉得对不起他。当然，我之所以一直不愿卖掉百脉饭庄，还有一个更重要的原因，那就是我的父亲。

十年前的那个冬天，我的父亲在饭庄门前摔了一跤，觉得自己身体不行了，就慢慢把百脉饭庄交到了我的手里。他说，你从小就在这里长大，得把店给我管好。我说，爸，您就放心吧。四年之前，父亲走的时候，又是千叮咛万嘱咐，让我把他留下的百脉饭庄经营好，然后再交到小诺手里。我当时想，一个翻新过的老宅，又不是什么宝贝，就算留给小诺，他也不一定会要。其实我没有他那么大的执念，虽然从前厅到后院，从包间到厨房，这里的一砖一瓦、一草一木没有我不熟悉的，但我对它还是没有那么深厚的感情。

小的时候，父亲常常对我讲他第一次来到百脉饭庄时的情景。

那时候百脉饭庄还不叫百脉饭庄，叫黎公馆。黎公馆是我们镇上最高最华丽的宅邸，整整占了四五亩地。高大的门楼上挂着大红灯笼，灯笼下的两座狮兽憨态可掬。年仅十岁的父亲跟着他师傅走进黎公馆的前厅，看到影壁上的石雕和屋檐上的鸟兽，一下子就拔不动腿了。他说，那时候就想，如果能一辈子住在这里面就好了。绕过影壁之后，他看见了一个宽阔的庭院，院里种着一棵粗大的海棠树。东西厢房旁边，是围着院子绕了一圈的抄手走廊。走廊上面描着颜色艳丽的彩绘。谁想到五十岁以后，他真的把黎公馆变成了自己的家。那个时候，黎公馆已经不再是黎公馆，而是百脉饭庄了。

二十世纪八十年代初，国营饭店改制，父亲花光了家里的积蓄，把百脉饭庄包了下来。当时我母亲不同意，跟他吵了一架，但他还是执意要买，因此我们全家就住进了百脉饭庄。等我长大了，结了婚，有了小诺，父亲就不对我说这些了，而是对小诺说。从他走进黎公馆的那一刻讲起，一直讲到现在。那个故事被他来来回回地描述，描得越来越清晰，像电视剧一样，也不知道是真是假。

记得有一天我去后院找东西，正好听到父亲抱着小诺说起百脉饭庄的事情，说的是一九四八年那会儿，国民党队伍驻扎进了黎公馆，他担心黎公馆出事儿，每天都要趴到墙头上看看。后来一颗炮弹落下来，炸毁了黎公馆的门楼，也差点要了父亲的命，所以父亲总是大骂国民党，说他们不是好东西。新中国成立后，黎家被划成了资本家，房子收归国有，成为国营饭店，取名百脉。父亲在一个本家叔叔的帮助下进了百脉饭庄当帮厨，才圆了他的梦，进了梦寐以求的黎公馆。谁想“文化大革命”期间，红卫兵认为这是“四旧”，不由分说就要拆房子。父亲拦住他们说，房子成了政府和人民的，就是新东西，不是“四旧”了。他们没敢动手，却打起了墙上那些彩绘和雕刻的主意。墙上那些雕刻，是父亲后来花了三个夜晚，用石灰水泥掩盖住。红卫兵来了一看，“四旧”的东西没有了，才闹哄哄地离开。“文革”过去以后，父亲小心翼翼地把上面的石灰抹掉，露出了里面的那些雕刻，人物和景象依然栩栩如生。

小诺听得兴高采烈，就说，爷爷，你放心，我长大了，也给你建座大房子。父亲听了非常高兴，弯起手指头刮了一下小诺的鼻子，夸他是个乖孙子。我也不知道，是不是从那时开始，小诺就对建筑上了心，高考填报志愿的时候，坚持报考黎城大学的建筑设计专业。他说，等他毕业以后，要给爷爷重新建造一座许公馆。父亲一直惦记着这件事。可是谁能想到，没等小诺大学毕业，他就悄没声儿地去了北京，连说都没说一声。

我把所有的包间都收拾了一下，还用抹布仔仔细细地擦拭了一遍，就像要对它们告别，心里很难受。后来我听到敲门声，打开一看竟然是隔壁花店的老胡。他走进来看了看说，呦，挺亮堂啊，重新开业？我说，开个屁，不干了。他笑了两声，像在嘲笑我，说，早知如此，何必当初啊，我早就劝你，老老实实把字一签，然后拿钱两便，多好。我说，不是钱的事儿。他说，我头一次知道，还有人跟钱过不去。鸿兵够意思了，你这个地方拆迁款多少钱，鸿兵再给你多少钱，仁义啊。我说，你以为他缺那点钱？他说，谁家不缺钱啊，有钱人也缺啊。

老胡在饭庄四下走了走，抬头看看屋顶，啧啧称叹，说，真是上好的悬梁木，你说他们这是从哪儿弄来的呢？我说，要问，这事儿你得去问黎鸿兵。老胡说，也对，毕竟这以前也是人家黎家的嘛。我一听就不高兴了。我说，这地方姓许，还不姓黎。老胡笑了笑，不愿跟我斗嘴，说，行行行，你说的都对。

老胡走了以后，我在厅堂里坐了一会儿，看着墙上的现代壁画，衬托着屋顶那散发着岁月气息的雕刻花纹，像穿越时空的艺术品。而父亲口中的那棵碗口粗的海棠树，早在几十年前便被砍掉了。

虽然我觉得对不住父亲，但还是狠了狠心，关上了饭庄的大门。回家路上，我的心里就一直很难受。路过红楼教堂的时候，正好看到停在门前的那辆哈雷摩托。开始我有点纳闷，不明白城子为什么会出现在红楼教堂。这个地方，除了镇上有人结婚偶尔拍拍照片之外，已经鲜少有人来了。

大概是十多年前，小诺还上初中的时候，和城子小满他们几个调皮蛋，砸坏了教堂里的彩色玻璃，后来负责教堂的陈牧师找上门，想让几个孩子的父母捐点钱，算是赔偿。我记得陈牧师在我家门口，拐弯抹角说了很久，最后还是城子的父亲鸿兵受不了了，截下他的话头说，孩子肯定应该教育，玻璃的事儿我们也应该赔偿，然后我替每家捐一千块钱，就当赞助了。那时候的一千块钱，已接近普通人一个月的工资了。陈牧师听了热泪盈眶，在胸前画着十字说，主会保佑你的。鸿兵也在胸前画着十字说，主保佑我发财就行。说完转身就瞪着眼睛训城子，说，以后你要再去教堂，我就打断你的腿。

当时我也把小诺狠狠地训斥了一顿，后来果然就再也没见他们几个去过教堂。说实话，我也不是一个信教的人，对主啊神啊的没什么兴趣，平时饭庄里的事情还忙不过来，哪有时间考虑信仰的事情呢？

几年以后，陈牧师离开教堂，这里就荒废了，后来交给了老刘头管理。虽然红楼教堂是政府保护单位，但是免费开放，每天早上九点到晚上五点开门，门前的空地曾一度被那些无所事事的人们当成了聊天聚会的场所。

我围着城子的摩托车绕了一圈，发现他竟然没有给车上锁，于是吼了两句，却没有听到回应。出于好奇，我走上阶梯，来到教堂院内。不远处的教堂木门紧闭，显得庄严肃穆，在昏暗的夜色中更添诡异氛围。红楼教堂应该建造于一百多年前，据说是我们镇上有名的卢石匠带着一百多人花了三年建造而成。我记得小诺说过，这个教堂属于双塔哥特式建筑，算是国内有名的建筑之一。我转了一圈，没有看到什么。当我打算离开的时候，忽然发现左边的石雕前躺着一个人，把我吓了一跳。

我说，是城子吗？对方没有回应。

我慢慢走上前，看到他靠在石雕上，身边扔着两罐喝光的青岛啤酒。开始我以为对方只是喝多了，于是又叫了一声，依然没有回应。等我转到正面时才看到那人正是城子，但他的喉咙已被割断，鲜血染红了衣服和土地。城子不远处的手边，扔着一把带血的小刀。当时我就吓得打了一个激灵，像有人从头顶给浇了一盆凉水。我又叫了一声，城子！我上前探了探他的鼻息，似乎尚有余温，又好像没有。看着闭着眼睛的城子，我吓得退了两步，然后才反应过来，跑到教堂外面叫人。

我跑出大门，正好看到毛头从午阳台球厅的方向过来，哼着曲子往家走。我一下子上前拦住他，把他吓了一跳。他看着说，叔，怎么了？我说，出事了，死人了！毛头咧嘴一笑，说，叔，你开玩笑呢？

我见他不信，也顾不上解释，拽着他就跑了进去。

毛头在我的带领下来到事发地，看到躺在地上的城子，也吓得不知所措。当时我们两人慌里慌张，都没顾得上报警。后来是毛头提醒，我才想起拨打报警电话。打完电话我看了看毛头，毛头看了看我，谁都没有说话。我转头看城子双目紧闭嘴巴微张，喉咙前的血迹像一片浑浊的泥潭，于是又试着喊了两声。城子没有任何反应，我的心里一下就凉了。

果然，城子送到医院时就不行了。尽管医生们对城子进行了抢救，依然回天乏术。急救医生徐仲伯走出手术室时，城子的父母——鸿兵和芳苓——已经在急救室前等了半天。鸿兵来的时候看到我有些尴尬，没怎么说话。我也没敢告诉他们真相，只是说城子应该没有什么大碍。跟来医院的刑警队长赵瑞林，也站在一旁不住地劝慰鸿兵夫妇。等到徐仲伯出来，带着一身消毒水的气味对着众人摇头叹气时，我才知道，城子真的没有生还的希望了。

徐仲伯对鸿兵和芳苓说，去送送孩子吧。

芳苓听完这话就昏死了过去，被救醒后发出一阵撕心裂肺的痛哭，久久回荡在医院的走廊。鸿兵则表现得颇为镇定，虽然面色铁青，双眼含血，依然颤声问，老徐，孩子没希望了？徐仲伯脸色悲伤，摇了摇头。

徐仲伯和鸿兵认识二十多年，也算过命的交情。眼下他已经尽了全力，救不了城子，也是无可奈何的命。

鸿兵的眼泪一下涌上来，漫溢了双眼。左手一直抖个不停，不能自已。几年之前，建设市政大楼闹出人命时他都没有如此慌张。作为黎明集团的董事长，鸿兵向来遇事沉着冷静，不悲不喜，是个铁腕人物。回望他三十多年的人生历程，从底层员工到身居高位，遭遇多少磨难，其中的艰险只有自知。然而没有想到，在他五十岁这一年，亲生儿子竟然无辜丧命。他上前抓住徐仲伯说，老徐，想想办法，我就这么一个儿子。徐仲伯叹了口气，说，对不起啊，鸿兵。

那天我突然就觉得很难过，想起了小诺。城子和小诺两人从小一起长大，十分要好，谁能想到城子就这么离开了。

鸿兵进门看了看城子，然后大叫一声，跑了出来。他看着我，两只眼睛血红，像黑夜里的一只野兽。他说，老许，我儿子是你发现的？我点了点头说是我。鸿兵说，老许，凶手不是你吧？这下我着急了，说，鸿兵，你这是什么意思！鸿兵说，你知道我什么意思。我说，黎鸿兵，我告诉你，城子这孩子是我看着长大的，我会这么对他？鸿兵看着我，两只眼睛中的光芒渐渐地暗淡下去，一下坐到了地上。我和赵瑞林连忙把他拉了起来。鸿兵颤颤巍巍地，把我们两人推开，重新走了进去。

这时赵瑞林看了看我，歪了歪头说，走吧正东，跟我去局里做个笔录。我转头看着他。他笑了一下，又说，你别想多了，正常手续。

3 宁檬

那天我们院里刚刚审完了一桩离婚案。案子很简单，就是一个年轻女孩起诉丈夫想要离婚。两人结婚一年半，女孩发现丈夫多次出轨，没办法再一起生活，协商无果后选择了起诉。这样的事情，在过去的一年里我早就见怪不怪了。从法庭上下来，我们院长开玩笑说，宁檬啊，以后找对象，一定要擦亮眼睛啊。我说，您放心，我现在担心的不是有人骗我，是没人敢骗。同事们听后都笑了。徐姐一边整理卷宗一边对我说，宁檬，我手里有个好男孩，回头介绍给你。我说行，谢谢徐姐，我等着。大家又是一阵哄笑，然后就各自下班了。因为我要值班，所以走得格外晚。等我开车路过孟官街口的时候，看到红楼教堂前拥簇着一群人，好像发生了什么事情。

我掀起遮阳板，夕阳一下子就泻进了车里，直刺我的眼睛，让人犯晕。我感觉眼前的世界晃动了一下，随后看到一辆救护车从人群里冲了出来，呼啸着和我擦肩而过。那时候我突然冒出了一个念头，不知道城子在干什么。当我靠近人群时，远远看到晓珍姐朝我挥手。我按下车窗，还没来得及询问，她就朝我大喊，宁檬，城子出事了，快通知你芳苓姨。我蒙了一下，直到看到不远处的那辆哈雷摩托才明白她的意思，随即掉头朝孟官中学开去。走到半路，我想先给芳苓姨打个电话，但是犹豫一下后把电话拨给了小满。那时小满正在家里吃饭，含糊着问我城子出了什么事情。我想了想说，可能是车祸。他说，车祸？我说，具体我也不清楚，你先去市医院。他说，你在哪儿呢？我说，我在接芳苓姨的路上，你记得带上美宁。他说，好，知道了。

到达孟官中学的时候，学生们正在上晚自习。我是在高三年级的课堂上找到芳苓姨的。我慌慌张张地推开教室门，把学生们吓了一跳，几十双眼睛齐刷刷地看我。芳苓姨看到是我，放下课本说，宁檬？我咽了口唾沫，气喘吁吁地说，阿姨，你出来一下。芳苓姨说，怎么了？我强装镇定，说，有事。芳苓姨拍了拍身上的粉笔末，让学生们自己预习，跟我走出了教室。我拉起她的手就往前走。她说，到底怎么了？我说，阿姨，城子、城子出事了。她一下子拽住我说，出什么事了？我说，我也不清楚，城子让救护车拉走了，好像是车祸。芳苓姨脸色一沉，快跑了两步，又像想起了什么，回头向教室跑去，边跑边说，宁檬，你在校门口等我，我让班长找老师盯一下课。

城子的母亲孟芳苓，曾经是我们镇上第一个考上大专的女学生，年轻时长相清秀温婉，是远近闻名的小镇一枝花，大专毕业后原本可以留在省城的她却回到了镇上，要嫁给当时还在砖瓦厂打工的青年黎鸿兵。后来人们才断断续续了解到，早在学生时代两人就已经山盟海誓、互许终身。得知事情真相的父亲气得给了女儿一巴掌，还把她锁在屋里试图切断两人的情感联系，但都没能成功。经过一年零四个月的斗争，两人终于在双方父母的祝福和邻里街坊的见证下成了婚。结婚以后，有了城子，黎鸿兵辞去了砖瓦厂的工作，凭着两条大公鸡烟进了国营钢铁厂，用了七年的时间从一名供销员坐到了副厂长的位置。后来遭遇国营改制转为私人企业，他借着几年来积攒的人脉开始带着一帮兄弟承包工程，修桥铺路，成立了黎明建筑公司。几年前，趁着国内经济形势大好，又一举进入地产行业，成了我们市里数一数二的地产开发商。

一直以来，城子父母的这段故事就如传奇一般在孟官街上流传，成了所有年轻男女向往的典范。然而几年前，也就是我大一下学期，两人却不知道什么原因离了婚，让所有孟官人大跌眼镜、瞠目结舌，不仅街坊邻居议论纷纷，也让城子受了打击，从此变了一个人似的。

在那之前，城子是鲜衣怒马的翩翩少年，继承了父亲的果敢和母亲的善良，脸上常常挂着温暖的笑容，无论走到哪里，都会吸引爱慕的目光。我的姐姐宁露就曾经在酒醉之后对我口吐真言，说如果不是城子小她几岁，真想知道他的身体里藏了多少秘密。学生时代的城子不仅学习成绩优异，还拥有无人能及的音乐才华和运动天赋，拿过三次市级音乐比赛的冠军、五次打破学校运动会长短跑纪录。更让人难以望其项背的是，高中三年里他几乎每月都会收到不同女孩的情书，塞满了整个书桌。我和小满就曾在放学回家的路上以阅读他收到的情书为乐。曾经有个女孩用一手漂亮的字体写下据说是泰戈尔所作的情书《世界上最遥远的距离》，成了我们最初的文学启蒙。

但是自那之后，城子却和自己高中时候就走在一起的女友美宁分手，开始频繁更换女友，大学三年里交往了十几个女朋友，直到毕业回家，才又和美宁重新走到一起，定下婚约。毕业以后，父亲黎鸿兵原想让城子在自己手下锻炼几年，接手黎明集团，然而城子好像对经商没有任何兴趣，总是跟父亲针锋相对，不受管教。后来鸿兵叔没有办法，只能任由城子无所事事。从那以后，城子每天都和小满他们一起游荡在孟官街上，虚度光阴。

前往医院的路上，芳苓姨又给鸿兵叔打了电话。鸿兵叔好像在公司开会，还以为是儿子闯了祸，安慰芳苓姨让她别担心。芳苓姨急了，声音有些大，说，黎鸿兵，去医院的是你儿子，在你心里是不是只有公司？说完一下挂掉了电话。我见芳苓姨生了气，就没敢说话。等进了医院，鸿兵叔也赶到了门口。见到芳苓姨，他表现出了一贯的沉稳和乐观说，这小子，就该让他吃点苦头。芳苓姨没有理他，匆匆上了楼，鸿兵叔赶忙跟在后面。当我们在急救室门前看到正东叔和赵瑞林时，才察觉到事情没有想象的那么简单。

那年城子二十五岁，人生也永远地停留在了第二十五年。不久前的三月里，他和美宁刚刚在双方亲友的见证和祝福下摆了订婚宴。按照计划，应该是过完盛夏就举办婚礼，谁想城子在六月里出了事。

医生出来以后，我陪着鸿兵叔和芳苓姨走进急救室，看到城子躺在白色的病床上，双眼紧闭、脸色苍白，早已没有了往日那副潇洒无畏的神态。他身体直挺，喉咙处的伤口，像个永远无法填补的洞，尽管已被医生用纱布紧紧缠住，依然阻挡不住里面释放出来的悲痛气氛。我想叫城子，但还是忍住了。芳苓姨尖叫一声，扑了上去。我静静地看着城子，想起了童年时一起玩闹的情形，所有的记忆像阳光一般扑面而来，又相互交织碰撞，最后逐渐暗淡，仿佛正随着时间一点一滴地逝去。我想把它们狠狠抓住，却又无能为力。我在记忆里看到了城子的纯真笑容，那是半个月之前，他刚刚从市里取回了等待许久的哈雷摩托。他把我们都叫到街上，在小区门前的空地上向我们炫耀。那时的孟官街阳光灿烂，地上折射着斑驳的幻影。城子两手叉腰，得意扬扬地站在梧桐树下。我们假装不屑地围着摩托车转了一圈。城子拍拍车座，像个流氓一般对我们说，兄弟们，怎么样？

我撇了撇嘴说，这不就是一辆摩托车吗？

城子两眼一瞪，说，女孩懂什么？这是Road King！经典款。

小满的眼睛里冒出了星星，几乎都要把脸贴在车上了。他弯腰看了看摩托车发动机，又伸手摸了摸车座，说，城子，这车漂亮啊！城子满意地点点头，拍了拍他的肩膀说，我就知道你是懂车的。小满的眼睛里闪过一丝羡慕的光芒说，城子，我帮你检测检测性能。说着就要上车。城子连忙拦下他说，不用，我看你是想把我这车给拆了，别弄坏了。小满摸摸头笑着说，坏了我给你组装个更好的。城子脸上表现出一丝不屑，说，这是Road King，可不是小满King。他轻轻地摸了摸车把，有些怜惜的模样，又说，过两个月，我就骑着它去海边看日落，怎么样，拉风吧，浪漫吧？小满点点头说，挺浪。城子瞟了他一眼，笑嘻嘻地说，小满，你这是嫉妒啊，要不你也来一辆？小满耸了耸肩，说没钱。我趁机挖苦说，小满还要攒钱娶媳妇，舍不得。小满对我说，滚蛋。我上前给了他一巴掌。趁着我们说话的时候，小满一下伸腿骑了上去。城子想要把他推开，但两人争执半天，小满怎么也不肯下来。小满说，城子，带我去海边吧。城子使劲推开他，伸腿上车，看了看他说，我要带个姑娘，带你干吗？我笑了笑说，带美宁吗？城子歪了歪头，想了半天，说，美宁啊，看情况。说完一脚踹下油门，扔下我们飞驰而去。

从那以后，我们时常看到城子骑着摩托车在孟官街上飞驰而过的身影，然而那却成了关于城子的最后记忆。

当小满和美宁跑进急救室的时候，还以为城子只是出了车祸。小满说，城子怎么样了？我看到他，一下子就哭了。我说，小满、美宁，城子不在了。小满愣了愣，一脸惊愕地看着我。美宁吓得有些不知所措，动也没动。芳苓姨看到两人，颤颤巍巍地起身，拉住美宁的手说，你们来……送送城子吧。话没说完，眼泪就掉了下来。美宁这才明白了是什么意思，颤抖着握住芳苓姨的手，脸上的表情显得格外古怪，说，阿姨，你别吓我。芳苓姨失魂落魄，转头看了一眼躺着的城子，猛地就要瘫倒在地。我和小满连忙上前搀扶住她。芳苓姨抽泣一声，缓过了精神，流着泪对我们说，城子这孩子，就这么把我们丢下了，不管了，不要我们了。鸿兵叔叹了口气，轻轻地把芳苓姨揽在怀里。小满面无表情，缓缓穿过我们，一下扑倒在城子面前。美宁松开芳苓姨的手，也跟了上去，站在城子面前，轻轻地叫他，城子。

城子没有回应。我恍然间看到他的胸膛一顿一起伏，像睡着了一般。

小满愣了良久，然后站起身，面无表情地穿过悲伤的人群，出了门。我觉得难受，也跟了出去。小满回头看我一眼，皱着眉头说，怎么回事，不说是车祸吗？我说，我以为是车祸。来了医院才知道，城子是在教堂被人割喉死的。小满说，谋杀？我说，不知道。他说，凶手抓到了吗？我说，不清楚，正东叔被警察带走了。

他说，正东叔干的？我说，不是，是正东叔发现的。小满想了想，说，那行，我现在给许诺打电话，让赶紧回来。我点了点头。他又叮嘱我说，你千万别告诉他城子怎么回事，先让他回来再说。

二〇〇七年的夏天，城子和许诺一起乘坐绿皮火车去了黎城上学，不想四年之后，独自回到孟官镇的只有城子一人。许诺孤身去了北京。其实他之所以远走，多多少少和城子有关。那是大学的最后一个冬天，空气萧瑟，冷风肆虐，我在宿舍里披着毛毯看书时接到了许诺的离别电话。他说他要去北京了。我说，去北京干什么？他说，不知道。然后很长时间没有说话。我说，许诺你怎么了？他说，没事，就是跟你说一声。我说，什么时候走？他说，明天晚上七点的火车，你们不用来送。我感觉不对劲，说，那你什么时候回来？他说，我不知道。我一下子不知道该说什么，沉默了一会儿。他也没有说话，等我想要开口的时候电话忽然断了。我连忙回拨过去，但语音提示对方暂时无法接通。我突然就有一种不好的预感，连忙穿上外套跑到对面的男生宿舍找小满。男生宿舍的宿管大爷正在看电视，不让进门，说有什么事情打电话。我说，大爷，我有急事。他两眼一瞪，看着我说，瞧见那块黑板了没？上面写了，男生宿舍，女生止步。我装作可怜巴巴的样子说，大爷，我同学她生病住院了，得通知她男朋友。他说，那你给他打电话。我说，打了，联系不上，大爷，求求你让我进去吧。大爷不说话，我又继续恳求。后来大爷有些不耐烦了，摆了摆手说，那你快去快回。我连忙破涕为笑，说，谢谢大爷。当我跑上楼梯闯进小满宿舍的时候，他正在电脑前玩游戏，大概是没想到会有女生进门，把他们宿舍的人吓了一跳。

我上气不接下气地说，小满，你知道许诺要去北京吧？

小满晃动鼠标，敲击键盘，头也不抬地说，知道啊，怎么，你也想去啊！

我见小满一副满不在乎的样子，气得要命，上前就把他的电源线给拽掉了。电脑屏幕一黑，把小满吓了一跳。他尖叫着跳起来，咬牙切齿地看着我说，宁檬，你干吗呢！我说，小满，许诺要去北京了！他连忙插上电源，但为时已晚，电脑早已关机，游戏也已经提前结束。他气得大喊，许诺去北京关你什么事儿啊，那是他的自由！再说，他不是谈恋爱了吗，说不定去度蜜月呢。我说，他告诉你是去旅游？他白我一眼，说，那倒没有，就光说要去北京。我说，他肯定是有什么事情，才想去北京的。他说，你就别咸吃萝卜淡操心了。宁檬，你快醒醒吧，这么多年了，值得吗？现在人家许诺已经有女朋友了，你瞎操什么心啊！小满说完，我突然感觉一阵难过，想起了高中时暗恋的那段日子，气得大吼一句，我愿意！说完感觉又特别委屈，再也忍耐不住，涌起一阵眼泪。我不想让别人看到我哭的样子，转身跑了出去。

等我跑出男生宿舍的时候，小满追上来把我拦住了。那时候我的眼泪已经流到了下巴。他看看我说，对不起宁檬。我没有说话。

他说，你放心吧，许诺肯定没事儿，我现在就给他打个电话。说完就掏出手机拨了过去，但是无人接听。他看了看我，讪笑着说，别着急，我打给城子问问。电话接通以后，城子的语气有些悲伤。他说，你们劝劝许诺吧。我和小满相互看了一眼，才感觉到两人出了事。小满说，怎么了？城子说，不知道怎么说，其实我也没有对不起他。我们听得一头雾水。小满说，城子，你没事儿吧？城子沉默了一阵，说，没事。我急忙说，城子，那许诺呢？他怎么了？谁知他又不说话了。后来还是小满一再追问，城子才说他和许诺打了一架，两人二十多年的感情算是结束了。

得知两人有了矛盾，我和小满赶紧买了第二天去黎城的火车票。小满安慰我说两人只是闹了别扭，转天就和好了，可我一点也没有听进去。我隐约感觉事情没有那么简单，心想不管怎样，都要把许诺拦下，问个清楚。可是第二天赶到火车站，我们却找不到车票了。小满急得满头大汗，把两个人的包都翻了个遍，也没有找到。我冷冷地看着小满，好像这一切都跟我没有关系。小满说，宁檬，票没了。我心灰意冷地说，小满，我们可能见不到许诺了。他翻找半天，咬了咬牙说，你放心，能见到。说完跑到售票厅，又买了下一班次的火车。

等我们到了黎城，已经是晚上七点十五分了。路上我给许诺打过几次电话，他都没有接。看着窗外一闪而逝的夜色，我隐约觉得，好像真的见不到许诺了。果然等我们下了车，许诺已经坐上了前往北京的火车。看着空荡荡的车站，我一下就泄了气。我说，小满，许诺是不是走了？他说，王八蛋。我心里难受，一下就哭了。他看看我，烦躁地说，你哭什么？我没有理他，蹲在地上哭得更厉害了。路过的行人纷纷用异样的眼光看着我们。小满有些难堪，说，宁檬，你能不能别哭了？我抬起头，满脸泪痕，委屈地看着我说，小满，许诺去北京了。他说，他还会回来的。我摇了摇头，说，不会的，我们以后都见不到他了。他有点生气了，说，不见就不见，你哭哭啼啼的有什么用？我擦了擦泪，看着他说，我愿意。

后来许诺和城子都默契地选择了遗忘，无论谁问起，都闭口不谈两人究竟因为什么打架。小满曾经问过城子，但没有得到答案，而我更是没有勇气询问许诺。我和他仅有的几次通话，也只是问候，没有谈及过往。我曾经想开口询问，却又害怕触碰真相。大家像是做了亏心事的孩子，都在逃离曾经的自己。事情的真相也渐渐蒙上了岁月的灰尘。其间小满有两次想撮合许诺和城子把心中的隔阂说开，解释清楚，但都失败了。许诺像头受惊的野兽，对我们每个人都不再信任，即使回家过年，也没有和我们见面，仿佛消失了一般。

等小满打通许诺的电话，许诺以为他又在骗他，让他别开玩笑。小满说，我没有开玩笑。许诺说，三年前你就干过这事儿，用一张假的病危通知单骗我回家，幸好我机灵，半路回了北京。小满说，许诺，这回是真的。许诺说，小满，我和城子的事儿，你就别管了。小满见他不相信，生了气，说，你他×爱回不回！说完挂上了电话。我说，你怎么回事？小满骂骂咧咧地，一拳打在了墙上。许诺大概猜到了事情的严重性，又给小满拨了回来。小满愣了一下，把电话递给我，说，你跟他说。我接起电话，听到许诺说，小满，你什么意思？我连忙说，许诺，什么都别说了，赶紧回来，立刻马上，城子走了！许诺说，宁檬？我哭着说，是我。许诺你赶紧回来吧，还能见城子最后一面。

许诺大概是感受到了我的悲痛，许久没有说话。那一瞬间，好像时间过得极其漫长。我感觉走廊里空空荡荡，一种莫名的恐慌情绪弥漫全身。

我听到他说，好，我马上回去。

4 老陶

城子死得确实蹊跷，根据现场调查来看应该是自杀。

案子发生以后，因为我所在的龙山街道离红楼教堂很近，大概十来分钟的路程，所以第一时间赶了过去。跑出办公楼时赵队正在大厅门口抽烟，看到我和斌子急匆匆的样子，就问出了什么事情。我大声回应说，我们接到报警，有人死了。他好像没明白，皱着眉头问，什么？我回头对他说，赵队，命案！赵队晃了晃神，骂了一句，随即扔掉烟头，小跑两步跟上了我们。

路上的时候我给赵队简单地汇报了下情况。听到案发地点是红楼教堂时他打断了我，说，红楼教堂？我说，对。他瞪着那双铜铃般的眼睛，说，确定？我知道赵队的意思。其实我也觉得奇怪，红楼教堂这个地方，早九晚六，免费开放，常常有人在那里聚会打牌，聊天跳舞，算是我们孟官的中心区域，怎么都不像发生命案的地方。他沉思半天，大概也没有想明白，就说，继续。我把了解的情况说完，大家都陷入了沉默。谁也没有说话，似乎在想究竟是什么人死在了教堂。

我们赶到现场时，许正东和毛头两个人正站在教堂的门前发愣。见到警车以后，他们连忙快步上前，朝我们招了招手，像看到了救星一般。下车以后，我问是不是他们报的警。许正东举起左手，告诉我说报警电话是他打的。赵队说，人呢？许正东顾不上回答，指了指教堂，然后拉起我们就往内院赶。我让许正东说明一下情况。他说，什么都别说了，你们赶紧去看看吧！与此同时，救护车也到了现场，几名医护人员抬着担架跟了上来。我又问许正东，人怎么样，还有希望吗？许正东使劲地摇头说，好像……好像是不行了。他带我们来到石雕前，看到了躺在那里的城子，胸前的血迹都已经快干了。

一名医护人员连忙俯身探了探城子的鼻息，又检查了一下眼睛说，警察同志，人不行了。赵队上前一看，发现竟是黎鸿兵的儿子，吓得有些慌神，问许正东说，这是黎鸿兵的儿子？许正东点头说，是。知道死者是城子时，我立即想到了许正东，怀疑他可能是凶手，因为谁都知道他和黎鸿兵有私人恩怨，但看到他那副惊慌失措的样子，这个念头很快被我打消了。

赵队倒吸一口凉气问，人是什么情况？医护人员摇头说，已经没有呼吸了。赵队一听就急了，说，死了也得救，赶紧送医院！我看到斌子已经拍了现场照片，就说，赵队，要不要通知死者家属？他摸了一下头说，先送医院。这样，你留下勘查现场，把事情弄清楚，我跟着去医院！医护人员拿出担架，七手八脚把城子抬上了救护车。但经过我多年的判断，那时城子已经没有希望了。即使送到医院，也不过是给家属一个心理安慰。

红楼教堂的院子三面都是围栏，只有前面是片空地，通往教堂主楼。空地两旁，杵着两座不知年月的石雕。城子正是死在左边的石雕下面。现场除了死去的城子，还有一把瑞士军刀和两罐喝光的青岛啤酒。我让人把酒瓶和刀子送到局里做鉴定。那个时候，我们都以为城子死于谋杀，但让人难以理解的是，现场没有凶手的任何痕迹，也没有什么打斗痕迹。根据洛卡尔物质交换定律，犯罪行为人只要实施犯罪行为，必然会在犯罪现场或直接或间接留下某些痕迹。于是我和斌子又里里外外检查了一遍，从教堂的后院到两侧的石雕周围，还是一无所获。

斌子缩了缩脖子，上来问我怎么办。我说，这样吧，你去周围走访一下，了解了解情况，我们局里见。斌子离开以后，我又在红楼教堂里转了一圈，依然没有什么发现。走出教堂，我沿着孟官街逛了逛。多数人不知道发生了什么事，看到我们拉起警戒线，纷纷围着观看。人群里的张大胆看到我，高声问发生了什么事。我笑了笑回应说，没啥大事，大家散了吧。然而他们并不相信我的说辞，依然站在原地议论纷纷。

我穿过人群，沿街走到了毛头的午阳台球厅，看到小武正在里面陪人打球。我在门口站了站，刚想离开时听到小武叫我，陶哥。我回身笑了笑说，打球呢？他说，啊，陶哥你怎么过来了，玩不？我说，有公事。他连忙放下球杆说，怎么了？毛头不在。我说，知道，不找他。我在台球厅里转了转，小武一直跟在身旁。我装作不经意地问，小武，认识城子吗？他说，城子？认识啊，经常来打球。我说，是吗？他说，对啊，今天下午还来了呢。我说，打球？他说，对啊，和毛头打的。我说，大概什么时间？他想了想说，四点多吧。我说，然后呢？他说，打完球他就走了。我说，没再回来？他说，没有。我说，知道他去哪儿了吗？他想了想说，往西走的，去哪儿不知道。我点了点头，转身出门说，行，我了解了。他说，陶哥，是不是有事啊？我说，没事，你玩吧。

走出午阳台球厅，我就接到了赵队的电话，说让我去趟医院。到了医院门口，正好看到他和许正东一起出来。虽然我早就料到了城子的情况，但听到他们说没有救活他时，我依然觉得有点难过。赵队说，老陶，带着正东去局里做个笔录吧。我说，行，没问题。毛头呢？赵队说，这小子说有事走了，给他打个电话，让他去一趟局里。我说，知道了。

回到局里，许正东交代了整个事件的经过。他是第一个发现死者的人，但这纯粹出于巧合。他说他是经过教堂大门时看到城子的那辆摩托车，才起念进去看看的。我有点不明白，打断说，为什么看到摩托车你就想进去看看呢？他说，我就是有点好奇。我说，好奇？他看着我说，老陶，你不会怀疑我是凶手吧？我笑了一下，说，我们就是了解一下情况，你怎么想的就怎么说。他咽了口唾沫说，我就是觉得奇怪。这时记录的斌子停笔说，您知道那是城子的摩托车？他说，孟官街上谁不知道。我点了点头，问，为什么觉得摩托车停在教堂门口奇怪？他犹豫了一下说，城子小的时候和我儿子在教堂里闯过祸，被他爸打了一顿，后来就再也没有进过教堂。这下我明白了。我说，你离开百脉饭庄的时间是几点？他说，七点多吧。我说，有人能证明吗？他说，一下午我都在百脉饭庄整理东西，大概是六点半的时候，隔壁的老胡来过一趟，和我说了两句闲话，关门的时候他也见到了我。我点了点头。后来我问过老胡，确认许正东没有撒谎。我又拿起那把瑞士军刀，说，这把刀是你的吗？他摇摇头说，不是。

我没什么可问的了。许正东走出审讯室的时候，毛头已经等在了门外。毛头叫了我一声陶叔。这小子比以前乖了不少。记得我刚刚从警校毕业，分配到局里的时候，曾经处理过一起学校群架事件，其中一个就有他。那时候的他血气方刚，一脸青涩，如今稳重了不少。我应了一声说，来了？他说，来了。我让毛头坐下，说，毛头，例行询问啊，你应该都知道。他笑笑说，明白明白。我说，描述下当时的情况。毛头把自己碰到的情形说了一遍，跟许正东描述的基本一致。他是准备回家时路过教堂，被许正东拦住，才知道发生了命案。我说，毛头，听说今天下午城子去了你的台球厅？他愣了一下，说，陶叔，您真是什么都知道啊！我说，别废话。他嘻嘻一笑说，对。大概是下午四点多的时候，他正好路过，来店里玩了两局，打完之后就离开了。我说，知道去哪儿了吗？他说，这个咱哪儿知道啊！我看了看他说，还有其他的补充吗？他想了想说，那没有了。我说，真的？他嬉笑着说，真的没了。我说，行，有什么事再告诉我。他顿了一下，接着说，明白，有情况我再汇报。

后来我们又对城子的父母进行了询问，他们都说不清楚城子因何而死。孟芳苓因为失去儿子极为悲痛，往往问她三句，才能回答一句。黎鸿兵则总是陷入长时间的沉默，像是在思索，又像在愣神。从他们的回答中，我感觉两人对城子的近况并不了解。我特意问黎鸿兵觉得许正东有没有嫌疑，他想了一下说，不可能，老许干不出这事。最后一个询问对象是城子的未婚妻罗美宁，那时已经是晚上十点半了，我们终于从她口中了解到一点线索，城子死前，两个人因为感情问题正在闹别扭。按照罗美宁的说法，两个人已经断断续续吵了两三天。城子死前两个多小时，还去罗美宁家里给她道过歉，但是她没有接受，并把城子赶出了家门。我没有细问两人因为什么事情而吵架，无非是些鸡毛蒜皮的小事，但是这一点让我觉得，案子并没有我们想象的那么复杂。

把他们一一送走后，我把情况汇报给了赵队。赵队让我们先回家休息，第二天一早再来局里商量。毕竟目前除了知道城子的感情有些问题之外，还没有什么其他发现，只能等待鉴定结果。我回到家里，妻子刚刚打算睡觉，问我城子到底怎么回事。我说，死了。她说，死了？我倒了杯水，一口气喝掉半杯，缓了缓说，死了。她说，怎么死的？我说，被人割喉。她说，啥？我说，割喉。她说，这也太吓人了。我嗯了一声。她又问，是报复吗？我说，不知道。然后她就在那里唠叨，说城子肯定被仇人报复了。其实这都是她一厢情愿的瞎猜，那时候我的心里已经有种预感，城子极有可能是自杀。

第二天一早，指纹鉴定和尸检结果出来了，和我预想的一样。城子死前喝了酒，刀上也只有他一个人的指纹。赵队听了觉得有些难以理解，说，确定吗？我把报告递了过去。赵队翻了翻，盯着我说，老陶，你怎么看？我说，赵队，不太好说。他瞪了我一眼说，说实话。我站起来，拿过报告说，赵队，昨天我们对案发现场进行了勘查。第一，没有发现任何打斗痕迹，后来又调取了附近的监控，也没有发现可疑人员。第二，城子死前，喝了两罐青岛啤酒，应该处于醉酒状态。而他身边留下的这把瑞士军刀，上面只有死者一个人的指纹。第三，根据城子未婚妻罗美宁交代，这段时间他们因为感情不和经常吵架，还冷战过几天。昨天下午五点左右，城子从毛头的店里出来，去了他未婚妻罗美宁家道歉，她没有接受，又跟城子吵了一架。所以综上分析，我觉得应该是死者因为感情问题导致情绪失控，选择了自杀。这就是我的推论。赵队点了点头，嗯了一声，说，感情不和，这个美宁有没有说两个人为什么吵架？我翻了翻笔录说，都是小事，两人快要结婚了，总是因为装修、家具什么的吵，好像是意见不统一，大概是婚前恐惧症吧。赵队摇了摇头，说，两个人的事情，说不清楚。我又补充说，目前来看，没有任何他杀的可能性。赵队嗯了一声，很长时间没有说话。过了一会儿，他抬起头说，好，那就这样，准备结案吧。

我们把黎鸿兵和孟芳苓请到局里，告诉了他们我们的调查结果，但是两人始终无法接受这个结果。黎鸿兵站起来，凑到赵队面前，紧紧抓住了他的手说，老赵，怎么可能呢？孟芳苓也对我们的结论提出了质疑，说城子不可能自杀。赵队让黎鸿兵坐下说。黎鸿兵坐下了。赵队说，鸿兵、芳苓，我知道你们很伤心，但是我们必须告诉你们，城子是自杀而死，我们也尽力了。

那时窗外的阳光明亮刺眼，我看到孟芳苓浑身发抖。她沙哑着嗓子说，你们没有尽力，你们还没有抓到杀死城城的凶手。赵队说，芳苓，我真的可以负责任地告诉你，根据我们的调查，城子应该是在情绪失控下选择了自杀。她说，你说应该，不是确定。这是不负责任的。赵队说，芳苓，你这就跟我咬文嚼字了，你是老师，我说不过你。她说，这不是老师不老师的问题。

我打断他们，把报告放到桌上说，大家听我说，我们仔细调查过了，城子的确是自杀。

孟芳苓抢过报告翻了翻，递给了黎鸿兵，然后冷冷地看着我，眼睛里好似结了霜，说，城城为什么自杀？然后又推了推黎鸿兵，说，鸿兵，你说，城城为什么会自杀？黎鸿兵没有说话，拿过报告看了很长时间。

我看了看他们，说，据我所知，城子死前和他的未婚妻美宁大吵过一架，此前两人就吵过两三次，应该是感情出了问题。还有，你们也该多关注一下孩子的心理状况。一般来说，这种情况多数都是因为心理压力过大，有厌世情绪，所以才……

黎鸿兵和孟芳苓愣了一下，看看对方，很长时间都没有说话。

鸿兵沉默半天，抱住了头，喃喃地说，或许我们太不了解这个孩子了。

5 小满

几年前，从我们这儿到北京还需要五个多小时，如今两个小时就够了。第二天上午十点，许诺就到了火车站。火车站建在孟官镇的边缘，是我们章丘市唯一一座后现代主义风格的建筑。据说主持建设的建筑师曾经留学德国，经过实地考察后决定复原德国设计大师赫尔曼·菲舍尔在二十世纪初为这个城镇设计过的一座典型日耳曼式风格建筑，为此还特意找回了该建筑所使用过的石砖和钟表，将古典与现代完美地融合在一起，建成了新火车站。火车站的前面是一个巨大的喷泉广场，每当中午十二点时，车站的钟楼上就会响起浑厚的钟声，就像穿过了百年时光而来。同一时间，广场上的喷泉会迎着阳光喷发而出，在空中划出一个完美的抛物线，与不远处的百脉泉遥相呼应。

我到车站的时候，客流刚好散出来，像一股涓涓细流汇入大海，突然就消融在了喧闹的广场上。尽管多年没见，我还是一眼就在人群里认出了许诺。他浑身散发着与孟官这个小镇格格不入的气息，身上穿着白色衬衣和黑色西裤，脚穿一双锃亮的皮鞋，手里提着一个皮质手提电脑包，如同刚刚走出公司的白领一族。我朝他挥了挥手。他快步走来，露出了久违的笑容，一瞬间仿佛又回到了我们的学生时代，让多年的离别消散在了车站的喧嚣之中。他看看我，叫道，小满。我感觉好像有风吹到脸上，故作轻松地说，哥们儿，欢迎回来。

上车以后，许诺似乎不太适应孟官这些年的改变，不断向外张望，看着那些新起的灰色建筑和一闪而过的树木，默然不语。我说，是不是觉得变化很大？他说，是，有些地方不认识了。又伸手指了指说，这里是苹果园吧？我说，嗯。在北京怎么样？他说，混吧。我点了点头。沉默半天，他突然问我城子究竟怎么回事。我摇摇头说，不知道。他说，不知道？我转头看他一眼，说，城子在教堂门前被人杀了。他愣住了，许久才问，怎么会这样，谋杀吗？我说，应该是吧。他收了收身子说，怎么可能呢？我说，这个世界上，没有什么是不可能的。许诺没有回应，神色木然，转头望向了窗外。

到了医院，我们在太平间里看到了城子。城子躺在床上，被一层白布蒙着。许诺站在他面前，一时不知所措。护士说，你们想看，就看看吧。许诺深吸一口气，上前揭开了白布。我又看到了城子那张惨白没有生气的脸，像戴着一张人皮面具。那一瞬间，我突然觉得自己生命里好像没有过城子这个朋友，所有有关他的记忆都变得空白一片。许诺只看了一眼，就双手把白布重新盖好，沉默半天，转身离开。

我跟在他后面，感觉那个瘦削的背影不停地颤抖着。走出医院大楼，我问许诺要不要回家，他说先去城子家看看。我们两个上了车，谁也没有说话。走到半路，宁檬打来电话，告诉了我关于城子自杀的结论。这个消息让人难以置信。我说，不可能吧？她说，他们调查过了，说城子就是自杀。我冷笑一声，不置可否。宁檬说，鸿兵叔和芳苓姨去给城子买衣服了，想带回家里送行。我说，知道了。她顿了顿说，许诺回来了？我看看许诺，嗯了一声。她也嗯了一声，然后挂了电话。许诺说，宁檬吗？我说，对。警察调查过了，说城子是自杀死的。他说，自杀？我说，是。他说，不可能啊，城子为什么要自杀？我说，我怎么知道？

后来我们都没有说话，但这个疑问却不断在心中盘桓，成了一生都无法解释的谜题。

当我们返回医院时，芳苓姨已经在美宁的帮助下给城子穿好了新衣。那是一身黑色的燕尾服，胸前别着红色的蝴蝶结，让城子整个人看起来仪表堂堂，温文尔雅。在我的记忆里，只见城子穿过一次西装，那是在我们高中毕业的晚会上，他拉着美宁跳了一曲华尔兹，成了那天晚上最深刻的美好记忆。芳苓姨看到许诺，说，许诺回来了？许诺点了下头说，回来了阿姨，您节哀。芳苓姨红着眼睛看看我们，又用溺爱般的眼神看着城子。我说，阿姨，身体要紧。芳苓姨说，我知道。这时宁檬进了门，看到许诺愣了一下。许诺也抬起头，看向宁檬。宁檬轻轻地叫他，许诺。许诺撇了撇嘴，算是回应。宁檬没有多说什么，上前站到了芳苓姨身边。

重逢的喜悦与失去城子的悲痛混杂在一起，让我们又流了泪。把城子送回家后，已是下午，我和许诺站在小区楼下，望着孟官的天空发呆。谁也没有想到城子会如此早逝。自从三年前两人大吵一架，断绝关系之后，许诺就没有再见过城子，然而再见已是天人永隔，那次兄弟之间的反目也成了最后的告别。许诺说，小满，城子怎么就死了呢？我没有说话。他说，你知道吗，这些年来我一直躲着他，这下不用了。我说，哥们儿，别说了，什么都别说了。许诺摇摇头，望着连绵的群山说，你说，城子怎么就死了呢？

自从许诺的爷爷四年前因病死在床榻上，孟官街已经多年没有红白公事了。这四年来没有人结婚，也没有人死去。依照孟官的古老传统，没有结婚的年轻人死后不能操办丧事，须由家中年过古稀的老人背到墓地悄悄掩埋。白发人送黑发人，向来被视为家族即将遭遇不幸的开端。但城子的母亲芳苓姨没管这些，据说当街道办主任前去询问时，她以一种斩钉截铁、毫不妥协的口气告诉她，城子的丧事不仅要办，还要办得风风光光。

街道办主任以为自己听错了，又问一遍后吓得差点心脏病复发，刚想劝慰的她看到芳苓姨那张冷肃的脸赶紧闭了嘴，踮着脚通知了街坊邻居，说完还加上一句，你说这叫什么事儿？！

听说芳苓姨要给儿子办葬礼，街坊邻居都十分赞同，认为这样的方式至少能让鸿兵叔和芳苓姨心里好受些，一来缓解丧子之痛，再者也是大家对城子的怀念和告别。那天中午，我妈顾不上吃饭，就跑到绣水批发市场买了黄纸，然后到城子家里帮着张罗葬礼事宜。等我和许诺买完花圈回来，她就在许诺奶奶的指挥下和其他女人开始制作白纸花了。葬礼的主事人是许诺的父亲正东叔。据说是正东叔主动请缨，说城子也是自己看着长大的，理应帮忙。鸿兵叔看了看他，没有说话，算是答应了。当天下午，正东叔先是请到退休已久的吴大爷担当丧事司仪，又让我爸负责接待宾客，随后召集了其他邻居，为他们安排各自的职责，最后还不忘叮嘱宁檬的父亲，务必在天黑之前修好墓地。

城子的灵堂设在小区花园的空地上，我们在那里搭起了白色的帐篷，为城子遮阳挡雨。灵堂正中摆着城子的棺材，是鸿兵叔和芳苓姨从城里最有名的刘记棺材店里买来的。那天晚上，我和许诺都没有睡觉，一直陪在城子身边，算是为他守灵。第二天一早，灵堂外摆满了亲朋好友送来的花圈和纸马。花圈中间的道路上，前来告别的人们排着队等待即将来临的告别。我在人群里看到了美宁，作为城子的未婚妻，她也早早来到现场，换上丧服陪着鸿兵叔和芳苓姨准备向吊唁的宾客答谢致礼。许诺看到美宁，叫了她一声。美宁转过头，愣了一下，说，许诺。许诺说，节哀顺变。美宁点点头，差点哭出来，说，如果城子知道你回来，他一定会高兴的。

九点过后，吊唁开始，大家依次进入灵堂，向城子献花告别。我是和许诺毛头他们一起进去的，我们向城子鞠了三躬，算是最后的道别。看着城子精心修饰过的面容，鲜活生动得和活着时一样，我突然觉得城子好像没有离开，只是睡着了。道别之后，许诺依旧站在原地，呆呆地看着城子。我连忙拉了拉他。他这才回过神来，跟随我们走出灵棚。吊唁结束之后是发丧仪式。我们这里的规矩是人死之后须由家里的平辈和晚辈抬棺，这项任务自然也就落在了阿亮、许诺和我的身上。阿亮是城子的一个远房表弟。正东叔叮嘱完后，阿亮问道，就我们三个人？正东叔说，还得再找一个。宁檬听到了，上前说，叔，要不我来吧。正东叔脸色一变说，胡闹，哪有女人抬棺的，不吉利。

女人怎么就不能抬棺了，宁檬有些不服气，说，这些都是封建迷信！

正东叔摆了摆手，没有理会宁檬。但他找来找去都没有找到合适的人选，葬礼上的人要么是城子的长辈，要么就是年龄太小，抬不起棺。正东叔在人群里看到了我表哥，正打算让他帮忙时，毛头走过来说，叔，我来吧。正东叔看了看他说，你来？毛头说，我来。正东叔说，行，就你们四个。

我没想到毛头会主动提出给城子抬棺。他用这样的方式给了死去的城子最大的尊重。

吊唁结束以后，城子的堂弟在正东叔的指令下拿起早已备好的陶瓷碗，摔碎在灵堂前。这是起棺的信号。几个街坊七手八脚地盖上棺木。周围响起一阵哀乐，城子的亲人们哭声震天。我们四个人抬起棺材，跟在城子的堂弟身后，走出灵堂，送城子上路。出乎所有人的意料，当我们走出小区，经过孟官街时，半空里突然出现了一群麻雀，来来回回在我们头顶盘旋。除了扶棺的鸿兵叔和芳苓姨，几乎所有人都注意到了这个奇异的现象。走到百脉饭庄门前时，送葬队伍里很多人都因为只顾观看回旋的麻雀而忘了正事，原本肃穆悲哀的氛围里出现了窸窸窣窣的私语声。等我们把城子抬上停靠在路边的送葬车，麻雀随即散去。当城子火化之后，由灵车送往墓地时，麻雀又出现了，直到城子的棺木下到墓地，开始动土掩埋时它们才逐渐散去，朝着西边越飞越远。

麻雀的出现为城子的死亡蒙上了一层神秘而奇幻的阴影，随后的一周里人们对此议论纷纷，难以释怀。正是为此，城子的姥娘才在一个星期三的清晨突然醒悟，认为外孙之死并非意外，而是天谴，从此开始对风水迷信之事笃信不疑。

城子葬在距离孟官镇三十里外的黎家墓地，是鸿兵叔安排的。他说把城子葬在那里，有祖先们的庇佑，他和芳苓姨都放心。合土之后，葬礼算是结束了。看着新起的坟头，我心生感慨，城子就这样永远地离开了我们。举目四望，群山连绵，鸟鸣阵阵，但愿这片土地能够给予城子最后的庇护。

墓地外的小路上，鸿兵叔和芳苓姨向前来帮忙的人一一道谢。等到所有人都离开之后，只剩我和许诺、宁檬时，鸿兵叔叫了我一声。我连忙上前说，叔，怎么了？鸿兵叔和芳苓姨轻轻地互相依偎着，饱含深情地看了看我们，然后鞠了一躬。我们吓了一跳，连忙扶住两人说，叔叔阿姨，你们这是干什么！

谢谢你们啊！鸿兵叔看着我们说。

宁檬脸上的泪痕原本已经擦干，看到鸿兵叔和芳苓姨这副样子，又忍不住抽泣起来。我说，城子是我们兄弟，都是应该的。宁檬说，叔叔阿姨，你们节哀。鸿兵叔叹了口气说，城子有你们这样的朋友，知足了。听到这句话，我们原已平复的心情又是一阵难过。鸿兵叔说，晚上你们来家里坐坐，一起吃个饭吧。我们连忙拒绝。许诺说，叔，不用客气，你们回去好好休息休息。我说，就是，叔叔阿姨，你们保重身体。芳苓姨看了看我们，像是恳求一般说，不麻烦，我就想跟你们这些孩子说说话。美宁站在芳苓姨旁边，说，小满，你们来吧，来家里坐坐。我们相互看了一眼。宁檬说，行，那我们晚上过去。鸿兵叔点了点头，和美宁一起搀扶着芳苓姨上了车。看着他们的背影，我突然觉得两人瞬间老了，像是看着自己年迈的父母步步远去。

我抬头望了望清澈的天空，期望能从云朵之上看到城子，然而一切终是徒劳。

从墓地回来，我和许诺、宁檬一起晃荡在孟官街，心里空落落的。葬礼上的悲伤氛围依旧在街巷之间徘徊，半空落下的风不断吹着遗落在地上的白纸花花瓣。远处传来火车的悲鸣声，很快消散在墨绿色的原野上。道路两边的梧桐树上，蝉鸣不已，树下的人们各自忙碌，有的提着工具修理门前的园圃；有的坐在阴凉处的躺椅上，苦等时光流逝。宁檬问许诺是不是打算定居北京。许诺说不知道，有时候想回来，有时候又不想。宁檬没有说话。走了两步，我突然想起多年前许诺不告而别的那个夜晚，于是上前拉住他的胳膊，再次问起他和城子决裂的原因。许诺没有说话，只是笑了笑，想要把我的手拿开。但这次我没有放弃，执着地看着他。我们两个人就这么僵持在了街上。我说，哥们儿，告诉我，你们俩究竟怎么回事？许诺还没开口，宁檬上来拉住我说，小满，你这是干吗啊？我说，我就想问问他，当初为什么执意要去北京。宁檬又想说话，被许诺拦住了。许诺云淡风轻地说，没有怎么回事，都过去了。我说，过不去。他说，对不起小满，我不能告诉你。听到这里，我一下就急了，大声骂他说，你从小就这样，跟个娘们一样，城子都死了！许诺一下抓住我的胳膊，狠狠地瞪大眼睛，半晌才说，就是因为城子死了，我才不能说！半天之后，他像一只泄了气的皮球，松开了我，说，小满，有些事情，过去就过去了。说完他转身而去。宁檬看看我，又看看许诺，追了上去。我犹豫了一下，跟在他们后面，踩着树影往前走。路边来往的汽车搅得我心烦意乱，我突然就想起了许诺北上的那个冬天。

那年冬天的腊月，下了一场很大的雪，一连几天雪花都飘个不停。我窝在家里靠打游戏度日，百无聊赖。大年三十的中午，我跟随父亲出门买烟花时，从堂哥口中听说了许诺回家的消息。顾不上别的，我立即去了许诺家，但是无人应门。

临近除夕夜，我拉着城子一起去找宁檬，想让宁檬把许诺叫下来，当着大家的面把两人的恩怨说清楚。虽然我不知道城子和许诺因为什么而决裂，但总觉得没有什么事情是不能解决的，毕竟我们的友谊已经持续了十五年之久。那时宁檬刚和妈妈包完饺子，正坐在沙发上等着宁叔亲手做的糖醋鱼。两人面前的茶几上摆着丰盛的年夜饭。宁叔叔和宁阿姨看到我们，连忙热情地把我们招呼进了门，还递上了瓜子和干果，让我们坐下慢慢吃。我朝宁檬使了个眼色，想让她快点出门，但是宁阿姨看到了，非要让我们坐会儿，尝尝宁叔的手艺。我和城子只好摘下围巾，脱了羽绒服，和宁檬坐在一起观看春晚预告。我悄悄问宁檬知不知道许诺回来了，宁檬摇了摇头。宁阿姨不知道许诺和城子的事情，递给我们碗筷的间隙还问怎么没见许诺。我和城子有些尴尬，互相看了一眼。城子有些紧张地回答说，我们一会儿就去找他。

宁叔做好糖醋鱼，又跟我们聊起家长里短，问我们大学毕业后的打算。我和城子一边回答一边催促宁檬。宁檬好像故意吃得很慢，一个饺子两三口，蘸上醋细嚼慢咽，装作大家闺秀模样，连夹菜的姿势都要讲究一番。我有点不耐烦，说，宁檬，大过年的，你能不能少吃点？宁檬一下就笑了出来，把她妈妈吓了一跳。宁阿姨连忙上前拍了拍她的后背，问她有没有噎着，又转身责骂我说这么冷的天气还要出门。

阿姨，我们这不都习惯了吗？我说，家里没有过年的氛围。

别人都在家里过节，就你们在街上闲逛，宁阿姨说。

宁檬喝了口汤，放下筷子起了身。我们见此情形，赶紧穿上了衣服，在宁阿姨的唠叨声中一起出了门。下楼以后，小区清冷空荡，半空里时常传来响亮的鞭炮声和绽放的烟花声，把整个夜色映衬得魔幻而斑斓。得知我们要去许诺家，宁檬表现出了少有的担忧，说，许诺能见我们吗？我说，怎么不能，这小子还能耐了他，去趟北京就不认识我们了？宁檬说，这和北京有什么关系？我说，没关系吗？她说，你有病啊！说完气呼呼地往前走。我和城子赶紧追了上去。

路上我又问起城子和许诺友情决裂的原因。城子让我别问了，先见到许诺再说。到了许诺家楼下，宁檬又反悔了，说她不想去找许诺。那时我还以为她也对许诺的北上抱有成见，却不知道另有原因。在我和城子的再三哀求下，宁檬才上了楼。按照宁檬的说法，她不知道应该如何向许诺开口，从楼下到许诺家的那三层楼梯，她走了很长时间，等到了许诺家门前，又犹豫了一阵，才敲了敲门。

开始门里没有动静，她趴在门前听了听，隐约能听到里面有电视的声音，于是再次敲门。过了一会儿，许诺的母亲开了门，看到是宁檬，赶紧把她拉进了家门。宁檬向她问起许诺。许阿姨的脸上有些尴尬，说，许诺去他奶奶家了。宁檬点了点头，有些不知所措。许阿姨让她坐下吃饺子。宁檬赶紧离开了。

怎么可能！这会儿刚七点，正好是吃年夜饭的时候。我对许诺有些生气，认为他是故意躲着我们。

城子有些垂头丧气，拉低了帽檐，把眼睛隐藏在了暗影里，说，算了。

我非得把许诺叫出来，我说，然后抬头大喊，许诺你给我出来！

那时刚好七点，鞭炮声此起彼伏，把我的声音淹没了。宁檬让我别喊了，说以后有机会再找许诺。我气得骂了一句，许诺这个王八蛋。宁檬说，你干吗这样啊，走吧，回头再说。我说，都是朋友，犯得着吗？神经病。宁檬说，你能不能不要这么随意评判别人，可能他有什么难言之隐呢。我说，能有什么难言之隐，他就是矫情。宁檬听我骂人，有些不乐意，掉头就往街上走。我上前去拉宁檬，被她一下甩开了。我说，你生什么气？城子上来劝慰我们。她说，我就是看不惯你骂人。我说，骂两句怎么了？是不是因为你喜欢许诺，就什么事都向着他？宁檬说，我喜欢他怎么了？我说，没怎么，是你傻。宁檬气得站在原地说不出话。我又说，这么多年了，你自己不知道吗？许诺要是喜欢你，早就答应你了。城子拉了拉我说，小满，少说两句。我说，我就是想让她认清现实。宁檬说，你说，接着说。我说，不说了，说了你也不听。宁檬冷笑两声，转身就朝家的方向走。城子看看我，说，小满，你这是干吗？我说，我就是想让她清醒清醒。城子摇摇头，打了我一下，回身朝宁檬追去。

我看了看两人的背影，倍觉伤感。以前的大年三十，我们几个人总会在孟官街上一边晃荡一边放着烟花迎接新年的到来。而那个除夕夜，我回到家里，和父亲母亲坐在沙发上看春晚时，觉得一切都索然无味，好像少年时期那种简单的满足感已经在不知不觉中逝去了。

葬礼那天晚上我们一起去了城子家。美宁也在，她正陪着芳苓姨说话。鸿兵叔和芳苓姨神情萧索，眼睛里暗淡无光，只有看到我们时才勉强露出笑容，但很快就消逝了。芳苓姨让美宁做好了饭菜，一一安排我们落座。鸿兵叔在餐桌上讲起了城子的一生。

在他眼里，城子是个孝顺听话的儿子，回忆过去二十多年父子两人相处的种种细节，一切仿佛历历在目。他说起幼儿园时期城子用稚嫩的彩笔画的他的肖像，至今还保存在书橱里；城子小时候自己因为常年离家，城子总是不怎么认识这个父亲，后来他不得不用各种礼物换取城子的笑容；城子初中时用在便利店打工的钱为他买下第一份生日礼物，是个剃须刀，即使后来用坏了，他也没舍得扔；上了高中，他得知城子和美宁恋爱的时候，两人吵个没完，直到相互做出妥协——城子答应考取黎城大学的工商管理专业，而他也就睁一只眼闭一只眼默认了这段恋情。

那天晚上我们喝了很多酒，鸿兵叔说了很多话，大半我都忘记了，只记得他酒到酣处，痛哭流涕地对我们说，他黎鸿兵就这么一个儿子，以后再也没有儿子了。那个瞬间我的心里就如刀割一般。我倒了一杯酒，站起来说，叔，从今天以后，我们都是你儿子。鸿兵叔咧了咧嘴，一时语塞。

吃完饭后芳苓姨带着我们整理了下城子的房间，打算头七的时候把一些旧物烧掉，让它们继续陪伴城子。我靠在城子的卧室门前，看着宁檬和美宁陪着芳苓姨整理东西，突然就在灯光下看到了城子——他像往常一样坐在椅子上，怀里抱着心爱的吉他，似乎刚刚唱完一首曲子，抬头对着我笑。我笑了笑，知道以后再也不会看到这样的情形了。

芳苓姨看着橱柜里漫威英雄们的模型，对我们说，这些都是城城的东西，你们有看上的，就拿回去，也算一个念想。

那些模型都是城子一个个收集来的，其中还有他二十岁生日时我送的“杰克船长”。那天我们在生日烛光中许下了一起环游世界的梦想。我拿出来看了看，递给芳苓姨说，阿姨，这个让它陪着城子吧。芳苓姨接过去，小心翼翼地放到了纸箱里。我抬头看着城子的书架，看到了那本向他讨要许久的美版漫画《蝙蝠侠》，是他几年前去美国旅游时带回来的。当时他没同意，说终有一天会送给我。我把书抽出来，翻翻又放了回去。《蝙蝠侠》的旁边是个精致的皮质笔记本，我取下来翻看时，里面掉出一张照片。

我捡起照片，上面是城子和一个陌生女孩的合影。照片上的女孩眉清目秀，脸上挂着淡淡的笑容，城子也是面容清澈，一脸笑意。他们的身后是深蓝色的大海，海面上是刚刚升起的朝阳。我翻过照片，看到上面有一行纤细秀丽的文字：

Forever youthful，forever weeping！

我又看了看照片，照片的左下角，印着两人合影的日期：2010年2月17日。这大概是城子曾经的女友之一。和美宁分手的大学三年里，城子交往了不下十几个女朋友，但没有一个走进他的内心，那些年里他不断地换着漂亮的女朋友，像在不断寻找着一个只存在于梦境里的完美情人，直到大学毕业重新和美宁走到一起，感情才算稳定下来。时至今日，他依然保留着和这个女生的合影，说明她对他极其重要。

当我盯着照片时，宁檬凑了过来，说，谁的照片？我递给宁檬说，城子和一个姑娘。宁檬看了一眼，脸色铁青，手忙脚乱地抢了过去。美宁说，怎么了？宁檬似乎想把照片收起来，但被美宁一把夺了过去。宁檬说，可能是城子的前女友。美宁看看照片，又看看背面，意味深长地说，Forever youthful，forever weeping，什么意思？宁檬说，永远年轻，永远热泪盈眶。一个叫杰克·凯鲁亚克的作家写的。许诺看了一眼照片，神色大变说，何方圆？美宁说，你认识？许诺有些尴尬，说，认识，是一个朋友。芳苓姨拿过照片，目光有些哀伤，端详了半天。许诺又看了看，表情有些古怪，说，这是二〇一〇年二月拍的？美宁说，对啊，上面不是印着日期吗？许诺确认了日期，皱了皱眉说，怎么可能呢？我说，怎么不可能？许诺沉吟半天，说，阿姨，能把这张照片留给我吗？芳苓姨见许诺开口，没有拒绝，递给了他。美宁有些不乐意，说，许诺，你要照片干吗？许诺说，这是我们的一个朋友，我留个纪念。我看了看许诺，又看看美宁，好像被一种异样的气氛围绕着。许诺拿着照片，看了又看，此后一直神色慌张，心神不宁。

等到我们从城子家里出来，送走了宁檬，在即将分开的时候，许诺站在凉风中对我说，小满，我和城子就是因为何方圆闹掰的。

我停下脚步，转头看着他说，你说什么？

他说，我和城子就是因为何方圆才闹掰的。

我说，哥们儿，何方圆又是谁？

他朝我扬了扬手中的照片说，她。

6
许 诺

尽管多年过去了，看到何方圆的照片时，我的内心深处还是像投入石块的池塘一样激起了阵阵涟漪。一直以来，我始终忘不了刚认识何方圆时的那个春天下午，我们并肩走出学校的综合楼，看到那一树盛开的玉兰花，她心情雀跃，让我帮忙拍照片。那时我打开手机，看到镜头里的她笑靥如花，感觉心里像被什么东西扎了一下。

后来回顾我们的相遇和相识，我才突然发现，那副笑容早在那一刻就印在了我的心里。如果不是前一天下午舍友康晓阳在食堂外面的布告栏上看到文学院举办联谊舞会的告示，这一切都不会发生。当时我没有在意，是吃饭间隙康晓阳提出想去凑凑热闹。他说，在学校两年多了，还没认识几个文学院的美女。我笑笑没有说话。康晓阳扒了一口饭，又说，怎么样，去不去？我想都没想就拒绝了，认为那纯粹是浪费时间。我们所在的设计学院美女众多，可康晓阳依然没能抓住机会，过去的两年多里他曾经向六个女生告白，没有一个答应他的追求。康晓阳继续游说，说，反正没什么事儿，你陪我去看看。吃完饭后，架不住康晓阳的一再恳求，我同意了。

那场舞会是在我们学校南区的综合楼，由文学院的广播社主办的。多数参加者来自文学院、外国语学院和教育学院，其中又以女生居多，每当遇到这样的机会，其他学院的男生总是趋之若鹜。当天我们因为没有完成设计作业而耽误了一点时间，到场的时候舞会已经开始了。悠扬的音乐回荡在大厅上空，临时配对的男生女生在乐曲中笨拙地跳着舞，让迟到的我们产生了一种莫名的激动。主持人陶琳看到我们，连忙招呼着分配舞伴。她给康晓阳介绍了一个大眼睛姑娘。我说，我不会跳舞。康晓阳拍了拍我的肩膀，熟络地对陶琳说，美女，我同学不会跳，能找个人教一下吗？陶琳看看我，笑着说，没问题。放心吧，交给我。康晓阳朝我使了个眼色，拉着舞伴钻进了人群。我对陶琳说，你好。她笑了笑说，你好。说完就大大方方地拉起我的手，简单讲了几个舞蹈姿势。讲完之后她说，来，我们跳一下看看。因为我从来没有学过舞蹈，身体僵硬得像打了石膏，接连踩了她三四脚，在她的红色舞鞋上留下了一块乌黑的印记。我觉得有些尴尬，道歉说，你还是别教我了，我在一边看看好了。陶琳看出我确实不会跳舞，没有勉强，说，这样吧，那边也有个女生来了不跳舞，要不你过去陪她聊聊天？

那个姑娘就是何方圆。尽管多年以后我对何方圆仍念念不忘，然而第一次见面却没有太多好感。那时候我看到她一个人站在楼梯下的长桌旁，身穿墨绿色的长裙，手腕上戴着一条银白色的叶形手链，面无表情，若有所思，像一只慵懒的猫，全身上下都散发着一种生人勿近的疏离感。陶琳带着我走过去，做了简单的介绍。何方圆只是礼貌性地笑了笑，也没有想认识的意思。我觉得无聊，又担心走开不礼貌，只好和何方圆站在一起看人跳舞。半晌之后，当我想要离开时，何方圆突然问我是哪个学院的。我告诉了她。何方圆又问，你喜欢哪个画家？她的直接让人感到惊讶，从来没有人这样开场聊天。我说，我是学建筑设计的。何方圆哦了一声说，那你喜欢哪个设计师？我说，赖特吧。何方圆说，他有什么作品吗？我说，最著名的是流水别墅。何方圆点了点头，又不说话了，眼睛直直地望着前方，眉间聚集了一片散不开的愁云。我问她为什么不跳舞。她看了一眼我说，你不是也没跳吗？我回答说，我不会跳。

那时候我就觉得这姑娘不好相处，没再说话。何方圆大概意识到了自己的失礼，说，我喜欢莫奈。我点点头说，《睡莲》。何方圆说，是。然后顿了一下说，你相信缘分吗？我不明白她是什么意思，挠了挠头说，不好说。何方圆追问说，怎么个不好说。我想了想说，我也不知道。那时我不知道何方圆为什么会这么问，直到多年之后通过反复回忆才隐约猜到其中的端倪。何方圆看了看我说，我们一起走走吧，这里没意思。

我们一起走出综合楼时，空中的光线格外通透，偶尔吹来阵阵微风，让人神清气爽。看到林荫小路旁那株盛开的玉兰花树时，何方圆突然来了兴致，让我帮忙拍了那张照片。拍完照片后我们才开始熟络起来，话也渐渐多了。我们谈了各自的生活经历，又一起去食堂吃了饭。从食堂走出来，何方圆提议去学校操场看星星。我想反正也没事，就答应了。路上何方圆突然问我有没有碰到过一见钟情。我看着她，还以为她说的是我，一瞬间有点不知所措，后来才发现何方圆说的另有其人。我摇了摇头。何方圆说，那你会为了什么爱上一个人？我想了想说，不知道。她说，我曾经碰到过一个男生，我们聊得很投缘，可是我却一直不知道他叫什么名字。我说，网友？她说，不是，见过面，但只见了一面，街上遇到的。我说，后来呢？她说，后来，我再也没有遇见他。我说，你爱上了他？她点了点头说，分开以后，我爱上了他。我没有说话，心里有些不是滋味，但是她再也没有提起那个男生。

路过学校操场时，何方圆说，我们去里面逛逛吧。我说，好。那时候操场上有三三两两的学生正在跑步，夕阳西下，晚霞飞舞，我们漫步在折射着光芒的跑道上，耳边响起了学校总是轮番播放的钢琴曲《梦中的婚礼》。我们在操场上转了一圈，走上看台，眺望操场上那些散步的情侣和跑步的学生。等到暮色四合，我去操场旁边的小卖部买了两瓶啤酒，和她坐在操场上一边聊天一边看星星。那天我们究竟聊了什么，已经记不清了，大概是关于梦想和爱情，我只记得她偶尔会抬头看着星空，露出轻轻的笑意，像在思念某个人。离开操场的时候，已将近十一点了。路上我们都没有说话，只是踩着自己的影子往前走。到了女生宿舍，何方圆说，就到这里吧，谢谢。然后走了两步，又回头问，我叫何方圆，你呢？我说，许诺。何方圆点了点头，消失在了夜色里。

两天以后，我在体育场打球的时候又碰到了何方圆。那时她刚从食堂出来，手里还提着暖水瓶。我上前打了个招呼。她说，是你呀。我说，是我，之前打球怎么没见过你。她一下就笑了，说，学校人多了，见了你也记不住。她的宿舍楼就在篮球场旁边，三十二号，整栋楼住的都是文学院的女生。那时候隔着铁丝网看何方圆，她穿着一身长裙，长发披肩，脸上一副扬扬得意的神情，就像午后的阳光一样。等她转身离开的时候，我突然觉得一阵暖流流过全身，那时我就意识到，自己已经喜欢上她了。那天整个下午我都无法专心上课，在教室里心神恍惚，坐立不安。老师还以为我病了，问我需不需要休息。我说不用，然后在相思中度过了漫长的时光。晚上放了学，吃过晚饭，当康晓阳约我一起去多媒体教室打游戏的时候，我没应声，而是去了三十二号宿舍楼。等了将近两个小时，才看到何方圆从外面抱着书回来。

何方圆看到我有些惊讶，说，你怎么在这儿？我装作若无其事地说，等你啊。何方圆问，有事吗？我说，没事儿不能找你？何方圆笑了，说，你真在这儿等我啊？我说，是啊，明天有没有时间一起吃饭？何方圆犹豫了一下，笑了，说，明天上午不行，中午怎么样？我说好。然后就这样约定了时间，她抱着书走上楼梯，又回头冲我笑了一下，才走进宿舍楼。那一瞬间我突然觉得全身充满了甜蜜而幸福的气息。

第二天我们在食堂里吃了一顿简单的午餐，但是接下来的日子，当我频繁地邀约何方圆时，却被她拒绝了。我不明白何方圆究竟是什么意思。一个星期四的上午，何方圆来到宿舍楼下找我，问我看没看过《恋爱的犀牛》。我说没有。何方圆说，是个话剧，我说，好看吗？何方圆说，好看。我说，黎城有吗？何方圆说，没有，得去北京。我说，你想去北京？何方圆说，不是，我想去动物园，想去动物园看犀牛。我明白了，于是表示可以陪她一起去。她笑了笑，说，好，就这么定了。

周末那天，我特意打扮了一番，穿上新买的卫衣，配了一条青灰色牛仔裤，还把头发梳了起来。何方圆则穿了一件白色连衣裙，脚上是白色的运动鞋，一副阳光而柔软的模样。我们从学校坐上635路公交车到市里的百货大楼，又在那里转车去了动物园。动物园里游人稀少，周围只有拎着气球的老人、卖套娃的小商贩以及不断上前推销的票贩子。从售票处买票之后，我们就询问哪里可以看到犀牛。然而，穿着黑色制服的保安却告诉我们，动物园里没有犀牛。何方圆愣在当场，说，没有犀牛？保安说，我在这里站了将近四十年岗，还从没有见过犀牛。我说，那这里有什么？保安说这里有猴子、老虎和狗熊。我看了看何方圆，她脸上的笑容已经僵硬了。我有些不知所措，说，怎么办？何方圆神情低落地说，四处走走吧。于是我们闷闷不乐地走在动物园的林荫路上，起先的兴致一扫而光。我带着何方圆看了猴子和狗熊。那只黑色的狗熊在驯兽师的引导下骑着自行车，引来观众阵阵掌声，但在何方圆看来却索然无味。为了逗她开心，我应和着说，这只狗熊太好玩了。何方圆朝狗熊看了一眼，似乎没有太大兴趣。于是我又说，要不我们到别处看看？她说，好吧。

离开狗熊园的路上，我们碰到了一只从树林里钻出来的猩猩。当时何方圆没有防备，和猩猩撞了个满怀，吓得大声尖叫。我连忙把何方圆拉到一旁。那只猩猩眼睛里充满柔情，看了看我们，慢慢地伸出了手。我把何方圆挡在身后，试图用吼叫吓走它，但是它没有动，而是站在那里看着我们。我们的叫声惊动了其他游客。他们纷纷跑过来，有的帮忙吓唬猩猩，做着各种各样的动作；有的幸灾乐祸，朝它吹起口哨。这时饲养员闻讯而来，稳住了猩猩的情绪，然后告诉我们它并不危险，还让我们摸它一下。我轻轻摸了一下猩猩，猩猩就笑了。我示意何方圆猩猩很好相处，但她没有丝毫兴趣。饲养员只好把猩猩带走了。

或许是被猩猩吓到了，何方圆一言不发地离开了动物园。

路上我见何方圆一脸沮丧，试图逗她开心，提起话头说，那只猩猩对你特别友好。然而这句话却没有任何作用，她没有理会我。何方圆坐在公交上，看着外面的景色，不知道在想什么。而我想要将她拥入怀中，又有些胆怯，只好默默守看了她一路。

遇到何方圆之前，我不是没有谈过恋爱，大一下半年我曾经和一个法学院的女孩短暂交往过四个月，后来因为女孩爱上别人而分手。从那以后我再也没有遇到过喜欢的女孩，即使宁檬在身边陪伴多年，我也没有接受。

认识何方圆的那段时间里，我见过一次宁檬。此前我曾经在电话里告诉她，每当春秋两季玉兰花开的时候，我们学校特别漂亮。宁檬就想等花开的时候来看看，后来她果然来了。我说一起去找城子吃饭，可她却表示只想跟我在一起。我明白她的心思，可是不知道该怎么拒绝。在我内心深处，一直就觉得宁檬是个好朋友，从没朝恋人方面想过。我带她逛了逛校园，在食堂吃了饭，还去了海边看日落。看得出来，那两天她玩得很开心，等她准备回去的时候，我狠了狠心，告诉她我有了喜欢的姑娘。当时宁檬愣了一下，说，许诺，你开玩笑吧？我说，是真的，我们快要在一起了。宁檬脸色一变，没有说话。我伸出手拍拍她的肩膀，可是她却突然抱了我一下。我轻声问她，宁檬，你没事儿吧？她摇摇头，从我手里夺过行李箱，转身进了车站。后来宁檬问起我和何方圆的事情，我都告诉了她。她又问我要照片，说是想看看。我就把给何方圆拍的那张照片发给了她。

宁檬走后，我回校找何方圆吃了顿饭。散步的时候，我在路灯下看着她白皙的侧脸、明亮的眼眸，不知道怎么就心动了。我鼓足勇气，上前拉住她的手说，方圆，我喜欢你。说完就想抱她。她吓了一跳，挣脱开说，许诺，你别这样。我说，方圆，做我女朋友吧！她往后退了几步说，许诺，你冷静点。我停下来看着她。她理了理头发说，许诺，对不起，我一直就把你当成朋友，没那个心思的。我愣住了，一时不知所措。何方圆说，对不起，许诺。我慌乱地摆摆手说，没关系，朋友也挺好的。她点了点头说，许诺，那就这样吧，我先回去了。不等我回答，她就一个人走了。看着她瘦弱的背影消失在夜色里，我茫然失措。

回到宿舍，我躺在床上，用被子蒙住头，一遍又一遍回忆着自己和何方圆在一起的画面，直到那些画面渐渐变得模糊不清。我翻出手机，重温昔日的点点滴滴，那些俏皮的表情符号使我对何方圆的拒绝产生了怀疑。我觉得何方圆之所以拒绝，可能是因为我选择的环境和时间并不合适。想通这一点后，我的状态才好了不少，然而第二天等我打电话找何方圆时，她的冷淡让我又陷入了失恋的悲伤之中。从此之后，我在感情怪圈里不断地循环，再也无法走出。

那段时间，康晓阳发现了我的不对劲，问我是不是病了。我为了隐瞒感情里的失败，告诉他自己只是因为这段时间学习压力过大。他信以为真，没再追问。

为了消磨无尽的思念，我决定考研。我开始频繁地出入图书馆，翻看建筑设计方面的资料，却总是难以专心，只好每隔一段时间去趟楼下，放松自己，好在看到那些在图书馆里叽里呱啦卖力背书的学生时，我内心的豪情壮志又会被激发起来。当我回到图书馆、坐下看书时，突然想起了少年时代，爷爷在老家的院里对我讲陈年旧事时的场景，夏天的雨水从天空中倾泻下来，发出啦嗒啪嗒的声音，恍若昨日。

周末城子从学校南区来找我时，我把自己的困扰告诉了他。城子听完就笑了。他说，哥们儿，你还有我啊。放心，有我在，准让你成功。那时城子已经交往过五个女朋友，恋爱经验丰富，懂得如何讨女孩欢心，我没有理由不相信他。于是在城子的授意和帮助下，我疏远了何方圆几天，然后给她写了一封感情充沛的情书，并画了一幅风景画作为礼物。果然当我再次邀约何方圆的时候，她就爽快地答应了。得益于城子的指导，我和何方圆的感情好了很多。那些天里，我们常常凑到一起聊天、吃饭和自习。随后我决定介绍何方圆给城子认识，让他了解一下她，再帮我想想办法。我对何方圆说，想让她见见我的好朋友。何方圆没有拒绝。第二天正好是星期六，我们在学校的留学生餐厅见了面。何方圆见到城子时，表现出了一丝惊慌。那时我以为是初次见面导致的紧张。城子看了看何方圆，也愣了一下，说，你好。何方圆笑了，说，你好。后来回忆起来，我才明白两个人为什么那么诧异。我想当时他俩打招呼是想相认的，但不知道为什么，两人都没有说出口。

吃饭期间，我为两人简单做了介绍。他们一个是我喜欢的女孩，一个是我的哥们儿。坐下以后，何方圆问城子说，你叫城子啊？城子笑了一下，说，对。我说，他是我最好的朋友。何方圆又正式而全面地向城子介绍了自己，说自己是文学院〇七级三班的。城子点了点头。我说，他是商学院的。何方圆目不转睛地看着城子说，那你全名叫什么？城子说，黎若城。何方圆重复说，黎若城。后来有段时期，回想起那个场景，我一直以为何方圆是在那次聚会时对城子动心的。虽然我不愿意用肮脏的字眼评价她，但内心深处依然对她怀有恨意，其中也夹杂着没有得到她的醋意。我是一个失败者，也是一个受到背叛的人。这成了我心里最不愿提起的往事，每每想起，那种酸楚感就会涌上来，让人有种钻心的痛。

当然，现在我不会再这样看待何方圆了。城子死后，所有的事情超出了我的想象，让我受到了巨大的触动。当开始翻找城子曾经的人生时，像阳光抚去了岁月的蒙尘，事情原本的真相渐渐显露出来。后来我激动地对小满说，你不知道，当我看到那张照片的时候，受到多么大的震撼。他骗了我们所有人，也想骗他自己。

当时在饭桌上城子没说什么，等我把何方圆送回宿舍，来找他的时候，他提议我们去操场走走。我爽快地答应了，因为我急于知道城子对何方圆的印象。路上的时候，我问他何方圆怎么样。城子没有回答，而是反问我为什么会喜欢何方圆。我说，就是喜欢。城子说，你喜欢她哪一点？我说，我们聊得来。城子哑然失笑，说，这是我听到的最没有新意的回答。我说，那你觉得是什么？他说，你们两个人的事情，我怎么知道？走了一段路，我有些不甘心，又问起城子说，你倒是说说，对她印象如何？城子这才抬起头，直截了当地说，许诺，我觉得你们两个不合适。我愣了一下，说，为什么？城子说，我就是觉得这个姑娘的性格太张扬了，那种温婉内向的女孩才适合你。我说，可我就是喜欢她。他没有再说话。两天过后，我再次邀约何方圆的时候，她却说出去旅游了，不在黎城。我说，那我等你回来。过了几天，我又联系她，她却不怎么理会我了，我给她打电话她也没有接。那时我才紧张起来，重新在患得患失中受到了相思的折磨。当我把这些告诉城子时，他却让我放弃何方圆，说，她并不适合我。当时我有些生气，没有理会。那时候我急于抓住何方圆，接连两天等在她的宿舍楼前，终于在黄昏时分见到了她。看到我她有些诧异，问我有什么事情。我再次向她表白。那一次，何方圆一口拒绝，转身离去，从此再也没有理我。

城子知道我和何方圆没戏之后，便要给我介绍一个女朋友，但是被我拒绝了。那时候我还放不下何方圆，心里总想着她会回心转意。城子偶尔会来找我，大概也是为了帮我散心。可让我没想到的是，有天我去南校找城子，却在南区的教学楼前撞见了何方圆，而和她在一起的，正是我的好朋友城子。我看到何方圆朝城子摆了摆手，然后独自离开了。当时我愣在原地，大脑一片空白，不知道怎么才好。我没再去找城子，而是转身从一条小路逃走了。那天我在校园里走了很久，心里猜测着两人的关系，好像觉得他们已经在一起了，突然一阵悲伤涌上心头，我差点哭出来。

第二天我给何方圆打了个电话，恳求她能见我一面。她答应了。我们是在她的宿舍门前见的面。昏黄的灯光下，我看着她，突然特别难过，一时不知道如何开口。她笑着问我，怎么了？我想了想，说，没什么，就是想找你。她说，我以为有什么事呢！我说，没事不能找你？她说，能啊。然后看看我又说，怎么感觉你不太开心。我想了想，还是忍不住说出来，我看到你和城子在一起了。她显得有些诧异，但很快掩饰过去，冷下脸说，你想说什么？我说，我来找你，就是想问问，你和城子有没有关系？她看了我半天，说，对不起许诺，坦白说，我一直把你当成好朋友的。我急了，说，那城子呢？她沉默了半天，说，我喜欢城子，而且我们彼此喜欢。我感觉胸腔里似乎有种撕心裂肺般的疼痛。我想说话，却又说不出来。我半哭半笑地说，好，知道了。她叫我，但是我没回应，头也不回地回了宿舍。那两天我没有出门，何方圆也没有找我。当我躺在宿舍的床上时，脑海里总是浮现出城子和何方圆走在一起的场景，想起城子曾经帮我出招追求何方圆，到如今两人走到一起，感觉自己受到了巨大的侮辱。随后，我去找了城子。

那时候他正在图书馆里复习，我像个愤怒的复仇者一般，在图书馆四楼寻找着他。转过几排书架，终于在角落里看到了他，他正在靠窗的位子上和一个漂亮女孩有说有笑。看到我时，还以为我也是来复习的，朝我挥了挥手。我气势汹汹快走过去。城子似乎察觉到了什么，慢慢站了起来。不等他开口，我一拳把他打翻了。当时他坐在地上惊讶得说不出话来，旁边的女孩吓得大叫了一声，所有图书馆的人都转头看着我们。城子扶着椅子站起来，抹了一把鼻子，发现出血了。他一脸疑惑地说，你有病啊？我没说话，提起拳头，又想揍他，但是被他伸手拦住了。他又说，你是不是有病！我依旧没有理会，继续朝他挥动拳头。他也冲上来，跟我扭打在了一起。我们相互推搡厮打，周围满是尖锐的桌椅摩擦声和惊慌的劝架声。

图书馆的管理老师见此情形，急忙跑过来劝架。那时我们怒气冲冲，什么也顾不上，只听到哎哟一声，随后是几个女生的尖叫。我和城子同时转过头，见管理老师一脸愤怒地捂着鼻子，鼻血正从手指间流出来。城子说，老师，你没事儿吧？管理老师直起腰，瞪着我们说，都给我松开！一个女生连忙给他递上纸巾。我和城子相互抓着胳膊，谁也没动。城子斜眼瞪着我说，许诺，你神经病啊！我说，你才神经病，你他×就是欠揍。听到这句话，城子想要上前踹我，但是被人拦住了，众人也趁此机会拉开了我们。管理老师拦在我们中间说，你们两个都给我住手。我说，老师，你没事儿吧？管理老师捂着鼻子，瞪着我说，你看我像是没事吗？说，谁先动的手？我们都没说话。和城子在一起的那个漂亮姑娘指了指我说，他。管理老师上下打量了一下我说，你哪个学院的？我没说话。他提高声音说，问你呢！我小声说，设计学院的。他又看看城子说，你呢？城子说，商学院。管理老师说，行，你们两个收拾好东西，跟我去趟办公室。

到了办公室，管理老师让我们交代为什么打架。城子说，老师，我们是闹着玩呢。管理老师瞪他一眼说，你以为我是傻子吗？城子没有说话。管理老师又看看我说，你们为什么打架？我没有回答。他狠狠地拍了下桌子，说，我让你说话！我看了他一眼，说，没什么。管理老师冷笑一声，说，不说是吧？行，不说就给你们送教导处，记过！城子见此情景，连忙拦住老师，撒了个谎说，老师，其实我们是因为抢一本书，不小心说多了，就吵起来了。管理老师看看我说，是这样吗？我看了城子一眼，他用眼神示意我承认。我点了点头，但没有说话。管理老师又拍了下桌子，说，说话，你哑巴啊？我说，是，老师。管理老师冷嘲热讽地说，行啊，都挺爱学习啊！为了一本书就打架。城子连忙说，对不起老师，我们知道错了。管理老师说，现在知道错了，当时干吗呢？你们知道你们给图书馆造成了多大影响吗？城子连连点头说，知道知道。我没有吭声。老师余怒未消，狠狠地教育了我们一顿，后来在城子的诚恳求饶和连哄带骗之下，老师才放过了我们。

走出图书馆，城子拉住我说，许诺，你到底怎么回事？我怒气未消，说，城子，咱们完了，就这样吧！城子一脸疑惑，说，到底怎么了？我转头看着他，见他一脸无辜，忍不住说，装什么装，你自己干了什么事心里不清楚？！城子看着我，脸色惨白，说，是因为……何方圆？我截住他的话头说，城子，我现在一点都不想听到这个名字。他拉住我说，许诺，你听我说，不是你想的那样。我甩开他的手，说，城子，我真是看错了你，我以为我们是兄弟，可你把我当兄弟了吗？你有钱，长得帅，也很优秀，我承认，这些我都不如你。可你真是太欺负人了，你明明知道我喜欢何方圆，你还跟我抢。你从小到大就喜欢跟我抢，赢了我让你很有成就感吗？我真没想到，你会做出这种事，不对，我早该想到的，黎若城，你太虚伪了，你他×就是一个奸诈小人。城子说，这些年你就这么看我的？我大声说，对，以后我们完了。你放心，我许诺，不会让你看不起的，老子以后肯定比你强！他拦住我说，许诺，你听我说。我狠狠地推开他说，滚蛋，别再跟着我，有你这样的朋友，我感到恶心！

从那之后的两天里面，我都没有理会城子的电话，即使城子来到宿舍想要见我，我也故意躲开。我太了解城子了，至少在这些年里，城子的感情生活荒唐得让我感觉已经不认识他了。从大一下学期到大三上学期，两年多的时间里他不仅交了十几个女朋友，而且还曾经同时交往过三个女朋友，然而那三个女孩之间并不知道彼此的存在，直到半年后城子觉得心累，选择了分手，三个人同时找到学校，撞见彼此，才戳破了这段感情里的秘密。对于这样的事情，城子的舍友们也已经司空见惯，连他宿舍里最好的哥们章南都说，城子在追姑娘方面真是让人佩服。可是我怎么都没有想到城子会对何方圆动心思，我以为他会把我当朋友的。我恨城子，也恨何方圆。他们一起骗了我，把我当傻子一样，耍得团团转。从那以后，我开始试着远离何方圆，可不知道为什么，越是不想就越会思念，直到她的印记在我心里越来越深刻。

为了躲避城子和忘掉何方圆，我开始努力学习，想用这种方式抵消自己的悲伤与愤恨。在自习室里划烂了几十张设计稿后，我决定离开这个荒唐而滑稽的城市。事实上这个想法由来已久。那年秋天的时候，我曾经跟随设计老师前往北京的798看过一次设计展。那次展览给我留下了深刻印象。结束以后，设计老师带我见了一名从我们学院毕业的师哥，名叫陈梁，现在在北京的一家建筑设计事务所工作，曾经参与过国内著名建筑凤凰大厦的设计工作。那天师哥热情地谈起自己的职业生涯，让人无比羡慕。席间我向师哥询问建筑设计专业的就业前景。师哥告诉说，北京，是个可以让你实现梦想的地方。那句话让我有了前往北京工作的想法。决定离开黎城的瞬间，我感觉到了前所未有的轻松，好像城子和何方圆都不重要了，已经变成了人生的过去时。第二天，我向学校请了实习假期，带着感情的伤痕和对梦想的憧憬去了北京，决定再也不回孟官。

然而，我怎么都没想到城子认识何方圆竟然比我还早。说实话，一直以来，支撑着我留在北京的动力之一，就是城子的背叛与嘲弄。但是，当他死后我看到他和何方圆的照片时，才觉得事情好像并非我想的那么简单。

一切都因为城子的死，慢慢反转过来。

7

孟芳苓

老赵他们说城城是因为感情问题自杀的，我不信。回到家里，我给美宁打了个电话，约她去了新家。美宁看起来有些憔悴，眼睛红红的，像是哭了很多次。我有些不忍心，但想起刚刚去世的城城，还是直白地问她两人的感情是不是出了问题，城城究竟是不是因为这个自杀的。美宁一听就落了泪，说，阿姨，我也没想到会这样。我的心里咯噔一声，好像所有的事情都尘埃落定了。我憋着一口气，说，美宁，你别哭，慢慢说。美宁垂着头，半天才告诉我，两个人确实闹了点别扭，是因为一个女孩。我说，哪个女孩子？美宁说，是，城子大学时候的一个女朋友。这下我明白了，说，他们背着你联系了是吗？美宁轻声说，是。我说，他们是从什么时候开始的呢？美宁摇摇头，告诉我说，和城城订婚没几天，她就察觉到了。几天前她第三次发现城城和那个女孩联系，气急之下两人才吵了架。我说，你们好好沟通了吗，城城是怎么说的？美宁看看我说，他说他们只是普通朋友。我又问，那你认识那个姑娘吗？美宁摇头说，不认识。

我知道城城大学时候交的那些女朋友。他给我看过照片，个个长得都很漂亮，五官端正，皮肤也白，微笑起来就像冬天里温暖的阳光。那时我就跟城城说，人这辈子最重要的不是你遇到了多少爱情，而是有没有一个真正理解你的人。城城听不进去，说自己往那儿一站，很多女孩就爱往前贴，推都推不开。我语重心长地说，城城，我知道拒绝很难。你总以为拒绝会伤人，可是你不拒绝，会更伤人。他好像听不进去，说，这是她们的事情，和我没关系。我见说不过他，只能劝他做好防护措施。我说，儿子，如果你真的不懂爱情，那么你就答应我，不要伤害别人，更不能伤害自己。虽然我不相信城城会因为感情问题而自杀，但是我知道，在感情生活中，他或多或少有些游移不定。如果真的有那么一个女孩对他念念不忘，他也不会轻易放手。他是一个太重情义的孩子。有时候因为太看重情义，反而更容易伤害他人。我轻轻地抱住美宁，说，孩子，是我们对不起你。美宁依偎在我怀里，哭得更厉害了。那时候我就想，如果当初我能劝告城城对感情更认真或者不认真，是不是会好一点。等美宁哭完，我们又在沙发上坐了半天，谁也没有说话。世界很寂静，几乎听不到声音。美宁离开的时候，想起两家的声誉，我叫住她，劝告说，关于城城感情上的这些事情，就不要再告诉别人了。美宁说，我知道的，阿姨。

城城死后的好几天里，我总觉得他还活在我身边，对着我笑。记得几天前在家里吃饭的时候，城城一边夹饭一边给我看他朋友在云南丽江开的客栈。照片里的风景很漂亮，有蓝天白云，也有满地鲜花。我点了点头说，是很好看。城城说要带我去玩。我说，那等我带完这届高三学生，我们一起去。城城答应了。后来我又问他对于未来的打算。城城有些不高兴，说他想做音乐。我说，你爸爸的公司总是需要人打理的。城城说，那是他的事情，跟我没有关系，我有我的梦想。我知道劝不动他，只能让他好好想想。我实在无法想象，这么一个热爱生活且富有梦想的孩子，怎么可能轻易选择死亡。想到这里，我一个人去了教堂。有几个街坊正在教堂的空地前谈天，看到我来了，都围上来说话。看得出来，她们都是好心，可又不知道该怎么安慰我，就说城城是个好孩子，让我保重身体什么的。我说，我就是来看看。他们大概看我一副悲戚的样子，也就不好意思打扰，任由我进了教堂内院。我先是在那座雕像附近观察了一遍，又四处看了看，试图弄懂城城为什么会选择在这里自杀，有没有警察遗漏的东西，但是我在那里待了一个下午，什么都没有发现，什么也没有想明白。

城城小的时候，无论在学校遇到什么事情，都愿意跟我分享。有时候是班里的女孩子喜欢他，有时是别人送他的礼物，有时是老师教给他们的歌曲，有时是班上同学们的一些趣事。从小到大，我和鸿兵都对城城格外放任，大概造成了他肆意妄为的性格，没少给我们惹事。但是每当我教育他的时候，他也认真听，还委屈地跟我保证说，妈妈，我以后再也不会这样了。初中那会儿，我带他去济南逛千佛山，路过一家钢琴店，店里有个漂亮的长发姑娘正在弹琴。城城站在那里听了一会儿，回来之后就跟我们说想学钢琴。那时候的钢琴很贵，大概一万元一台，虽说我们勉强能买得起，但也算一笔不小的费用。我有些心疼，犹豫来犹豫去就没同意。后来城城总是嚷着想学钢琴，还是鸿兵和我商量了一下，才遂了他的心愿。那时候我就想，城城有项技能，也不是什么坏事，等长大以后，说不定还能成为一名音乐家。当然，这些都是我们美好的期望，当时只是想他有个长项，至少不会饿肚子。为了让他学好钢琴，我特意找了当时我们学校的音乐老师来教。后来城城考到孟官中学，那位音乐老师得知他没有学习音乐专业，还觉得特别可惜。高中以后，城城进入青春期，就和我慢慢疏远了，即使在学校里碰到了，也只是叫我一声妈，然后就走开，再也不像小时候那样，跟我嘻嘻哈哈地闹腾了。我曾经试图跟他讨论学校里的一些事情，友情啊爱情啊什么的，但是一说他就埋怨我说，妈，你烦不烦啊。开始我觉得很难过，后来也就看开了，这大概就是成长吧。

城城长大了，我在心里安慰自己说。

城城大学以后，我和鸿兵离了婚。其实我们的感情早就出了问题。城城初中以后，鸿兵一直在外面忙碌，几乎天天不着家，有时候回到家里，直接往床上一躺，话也懒得说。我想关心关心他，问他生意怎么样，可是看他那副疲惫的样子，我就忍住了。但是时间一长，我就觉得难过，虽然生活过得不错，可身边总是没有一个人愿意陪你说话。即使每次打电话，鸿兵也是说不上两句就匆匆挂掉了。记得有一次，鸿兵好不容易回家吃顿饭，我们已经大半年没有见面了。吃饭的时候我想起了刚看的小说《名士风流》，就说，鸿兵，你知道波伏娃吗？鸿兵一脸诧异的眼神看着我说，波斯袜？鸿兵的反应很有意思，可那个时刻，我一点都不觉得好笑，只感觉到无尽的悲哀。我说，不是波斯袜，是波伏娃。他说，什么东西？我说，是一个人。他说，外国人？我说，是的。他说，不认识。我没有再说话，只能低头默默吃饭。他也没有任何察觉，吃完饭后，说公司加班，套上衣服就出门了。从那时开始，我就有了离婚的念头。这十多年来，我实在太孤独了。

城城考上大学后，我就松了口气，于是特意找了一个好日子，约了鸿兵吃饭。他那时候还在忙公司的事情，据说是个很重要的项目，已经两个月没有回家了。那两个月里，我也不知道他干了些什么，只是偶尔给我打个电话，告诉我说，看中了哪儿的一块地，想要建造一个什么商务区。这些东西，我统统不关心。我把他约在距离公司很近的春华饭馆。中午时分，他匆匆忙忙进到包间，把大衣一脱，放在衣架上，说，怎么了，非得让我在这儿吃饭？我说，好久没一起吃饭了，聊聊天。他说，老夫老妻了，还聊天，服务员，把酒给我拿上来。我看了他一眼说，今天就别喝酒了吧。他说，尝尝，红酒，正宗的法国拉菲，你也喝点。我其实不想喝，但是想想，今天的日子很重要，我就陪他喝了点。服务员把酒端了上来。鸿兵说这是他一个什么朋友专门从巴黎带回来的，让我尝尝。我没说话，看着他醒酒、倒酒，然后把杯子放到我面前。他察觉出来我在看他，就问，你怎么了？我说没什么，想了想又说，工作忙吗？他说，忙啊。前阵子我刚和市政府签了一个协定，霄云路上的那个体育场工程，算我们的了。我说，恭喜你。他笑了笑，然后从包里拿出一个黑色的盒子，打开来递给我，是串珍珠项链。他笑着说，送给你的，戴上看看。其实这样的项链，他已经送我好几条了。在这方面，鸿兵挺有心的，不管去哪里，总会给我带礼物回来。我笑了笑说，谢谢。他说，戴上看看。我给他看我脖子上的那条白金项链，说，这还是你去上海，从新天地给我带回来的。他摆了摆手，说，该换了。我摆弄了一下说，我戴着挺好的。他站起来，拿着项链来到我面前，拉我起身说，来，我给你戴。我拗不过他，只能站起来，由他摘下旧项链，换上新的。换完之后他仔细地看我说，好看，漂亮。我被他夸得不好意思，说，我都老了。他说，不老，一点也不老。

这个时候，服务员上了菜，一一摆在我们面前。鸿兵吃了口菜，又喝了口酒，似乎想起什么，问我，你找我什么事儿？我看着鸿兵，不说话。他也看着我说，怎么了？看着他柔和的眼光，我突然有些犹豫了。这二十年来，我们都老了，头上生了白发，脸上也有了皱纹。他说，怎么了，你是不是不舒服？我说，不是。然后狠了狠心说，鸿兵，我们离婚吧。他愣愣地看着我，很长时间没有反应过来。他说，你说什么？我说，离婚。他一下拉住我的手，说，芳苓，你是不是病了？我说，没有。他不解地看我，说，那为什么要离婚？你是不是听到什么风言风语了？我说，鸿兵，你冷静点，我什么都没有听到。你的事情，我了解不多，也关心不上，我就是觉得，这些年来，我们两个人虽然是夫妻，但好像和陌生人差不多。鸿兵急了，脸有些红，说，怎么不是夫妻了？我这些年来这么努力，不就是为了这个家吗？我说，是的，可是我还是觉得，不对。他站起来说，你觉得哪儿不对？我说，感情不对。他突然不说话了，沉默半天，说，芳苓，你还记不记得，二十年前，你大专毕业回来，要跟我结婚，你爸妈，我爸妈，都不同意，觉得咱们两家门不当户不对。那时候，你可是大学生，而我呢，初中没毕业就进了砖瓦厂，你就这样嫁给了我，可是现在，你看看，咱们儿子考上了大学，你工作也很好，我现在也赚钱了，我该让你们母子俩享福了，可你干吗要离婚呢？我说，鸿兵，你别说了，我就是觉得，不愿意过这样的日子。鸿兵突然说，你是爱上别人了？他的眼神有点吓人，好像寂静的冬天。我也生了气，说，你胡说什么！他见我生气，放了心，说，我实在不明白，你为什么要离婚。我说，我也不知道，就是觉得，这日子，过着没意思。鸿兵突然就泄了气，放下筷子说，对不起芳苓，我明白了，是我对不起你。我说，鸿兵，要真觉得对不起我，就离吧。他说，你真的想离婚？我说，是。他说，那离婚之后呢？我说，还是这么过。他说，行，我知道了。芳苓，你看这样好不好，你给我半年时间，半年以后，你若还想离婚，我就同意。我说，行。

那半年里，鸿兵为我放弃了很多工作，虽然还是忙来忙去的，但他几乎每天都会回家吃饭。我看着他来回奔波的样子，有些心疼，说，鸿兵，你没必要这样。他看着我说，那我们还离婚吗？我咬了咬牙，说，离吧，我不想这样了。他突然一下子就泄气了，难过地看着我说，芳苓，我实在不明白，你为什么要离婚呢？我没解释，说，你要愿意，就找个人跟你一起过。他说，对不起，芳苓。我说，你没有对不起我，我就是觉得，这样的生活，不是我想要的。后来在我的一再坚持下，鸿兵特意空了半天时间，带着我去了民政局。从民政局出来，他一下子就哭了，像个做错了事情的孩子。我也有些难过，不知道这样坚持离婚是对是错。关于家庭财产部分，因为他们公司的事情我都没管，也就没要。鸿兵把住的房子留给了我，还给了我一大笔存款。他说，城子那边，你告诉他吧。我说，我会跟他说的。

其实我也不知道该怎么和城城说。过了两个月，我特意去了一趟黎城。城城看到我，感觉很意外。以往的时候，只是鸿兵偶尔去看他。看到我来，他很诧异，也很高兴。他带着我逛了逛校园，还带我去了留学生餐厅吃饭。那里的饭菜味道很好。吃饭的时候，我告诉城城说，我有个事儿要和你说，希望你谅解。城城说，怎么了，妈？我沉吟一下说，我和你爸离婚了。他说，你们离婚了？是不是我爸对不起你了？我说，没有，就是我想离婚。城城说，妈，我有点不明白，爸既然没对不起你，为什么要离婚呢？我说，城城，我离婚，就是想一个人好好地生活。城城说，你们两个人生活得不好吗？我叹了口气说，说，儿子，你爸爸太忙了，我找不到一个可以说话的人。当时城城没说什么。我以为他长大了，对这些事情也看得开。谁知道后来鸿兵告诉我，为了这个事儿，他们俩大吵了一架，直到毕业父子关系也没好转。后来我有些后悔，觉得还不如不离婚。这样一家三口还能维持表面上的和睦关系，但是我没好意思跟鸿兵开口，总觉得对不起他。尽管他这些年来也没有再找对象。我知道，他是在等我。

城城死后，鸿兵就想回来跟我一起住。我说，你想回就回来吧，反正家里给你留了地方。鸿兵见我答应，二话没说，第二天就搬了回来。其实他在哪里住都一样。那天晚上，我们两个人坐在客厅的沙发上，望着空洞洞的房间，沉默了很长时间。后来鸿兵抱了抱我说，去睡觉吧。我说，鸿兵，我们的儿子没了。鸿兵说，芳苓，别说了。我说，鸿兵，我总觉得，他好像还在我们身边。鸿兵说，听我说芳苓，城子也不希望看到你这副样子，你得好好的。听他这么说，我差点又哭了。回到房间，我还是睡不着。我一直不相信城子会自杀，肯定有些线索让警察疏忽了。第二天我让鸿兵再跟我去红楼教堂看看，但是鸿兵不想去。他说，芳苓，城子都死了，你查来查去有用吗？我说，鸿兵，你听我说，城城是不会自杀的。他叹了口气，说，城子也不可能会被他杀。我恳求说，那你再陪我去看看，行吗？我拉起鸿兵。他突然生了气，甩开我说，芳苓，你发什么疯？你这个样子，让邻里街坊怎么看？我说，这事跟邻里街坊有什么关系？他不说话，又坐下了。我看着他，感觉连生气的力气都没有了，只觉得心灰意冷。我说，行，你不去，我去。

我向学校请了几天假，每天都去红楼教堂，看看是不是还有什么被人遗漏了的。看守教堂的老刘头见我每天都去，有些不耐烦，把院门的钥匙留给了我。城城死前，这里从来没有锁过门，城城死后，他们倒开始锁门了。我从红楼教堂的门前查起，一点一点地看，希望能发现些什么，但红楼教堂门前的石板路，已经被打扫得干干净净，什么都没留下。后来母亲知道了，也陪着我来看。但是看了几天，我就有点泄气了。那天母亲陪我在红楼转了一圈，走到石雕像前。那是城城死的地方。我一屁股坐下，感觉好像愧对城城，又忍不住流了泪。母亲抱了抱我说，苓啊，不哭，咱不哭。我说，妈，我就是觉得对不起城城。母亲把我送回家后，请了一位算命先生来家里看风水，摆了一堆乱七八糟的东西，说是能够转运。自从城城死后，有关风水的话题就在老街坊之间死灰复燃。母亲对我说，孟官镇的地理格局是个八卦阵，镇压着古老的牛鬼蛇神，是那些新建的高楼破坏了镇上维系千年的风水，因而祸事不断。后来老街坊们几经商议，决定每月初一和十五，各家派出代表，带上祭品，由略通巫术的阿庆嫂领着前往镇口的玄武路焚烧纸钱敬奉神明，以佑平安。母亲还说，这是老祖宗传下来的规矩，不能破坏了。可是我不信这些，把算命先生送走之后，对母亲说，妈，以后你就别瞎忙活了。她见我不领情，有点生气，说，我实话告诉你吧，就是因为黎鸿兵，城城才没的！我说，这和鸿兵没关系。她跳着脚，龇牙咧嘴地说，怎么没关系，都是怪他啊！我不愿跟她斗嘴，就没说话。

后来母亲再来家里，看见鸿兵也不说话，径直就进门。或许在她心里依然觉得是鸿兵对不起我。那次鸿兵看到我妈，打招呼说，妈，你来了。母亲没理他。鸿兵说，妈，你来看看芳苓吧，她整晚整晚不睡觉。母亲来到我跟前，说，你怎么了？我说，没事，妈，我就是想城城。母亲一看到我这样子，就落了泪。鸿兵说，妈，你照顾下芳苓，我先去公司了。母亲猛地站起来，尖叫说，你儿子死了，你老婆病了，你还有空去公司？鸿兵有些尴尬，原本穿好的外套又脱了下来，规规矩矩地坐下。我说，妈，你别说了，让他去吧。母亲说，你别替他说话，我真是想不明白了，你儿子死了，你还想着你的公司，你赚那么多给谁花！黎鸿兵，当初我就不该把女儿嫁给你！鸿兵看了母亲半天，突然狠狠地砸了下桌子，把我们吓了一跳。母亲站起来，盯着他说，怎么着，你还生气了！鸿兵不说话，突然就呜呜地哭了起来。他说，妈，是我对不起芳苓，我对不起城子。鸿兵这么一哭，母亲的心就软了，但母亲还是说，我找大师来看过，就是你天天盖什么房子，破坏了咱镇上的风水，老天爷发了怒，才把你儿子带走。我说，妈，这都是迷信。母亲说，这不是迷信。我早就说了，就是他一天天的只知道拆房子盖房子，才遭了报应！鸿兵依然呜呜地哭着。那时候我才知道，这些天来他看似没事儿，实际上承受了很大的精神压力。我努力靠近他，轻轻地拍着他的背。母亲又说，我告诉你，我这辈子都不会原谅你。说完，母亲站起来，回家去。

母亲说到做到。两个月后，母亲即将八十大寿，我回家问她要不要过生日。母亲说不过了，没什么好过的。尽管这么说，我还是和大哥商量要不要全家人一起吃个饭。大哥说母亲不想麻烦，就算了，你们也累。我说，母亲这辈子太辛苦了，咱们不庆祝，一起吃顿家常饭吧。生日当天，我和鸿兵买了些补品去了母亲家里。看到鸿兵进来，原本就一脸悲戚的母亲转身进了屋子，说什么都不出来。后来我走进去，安慰母亲，告诉她城城的死不能怪鸿兵。谁料想她说，我说过了，这辈子都不会原谅黎鸿兵，苓啊，是他害了你啊。我说，妈，不怪他。母亲瞪大了那双浑浊的眼睛，充满了爱怜。她带着哭腔说，苓啊，你这辈子，命苦啊！我突然想起城子，心里有些不好受。我说，妈，别说了。母亲说，好，我不说，但是我告诉你，我这辈子都不想见到他。这时候我听到外面吵吵嚷嚷的。我走出去，看到鸿兵想走，大哥正在留他。鸿兵看到我出来，说，芳苓，妈既然不想见到我，我就先走了，你们陪陪她。我生了气，说，这个时候你捣什么乱？鸿兵说，不是我捣乱。我要是在这儿，这个饭永远吃不下去。大哥看了看鸿兵一眼，又看看我，欲言又止。我看着一家子人，心里一软，说，算了，鸿兵，那你自己吃点东西。鸿兵说，我知道了，替我转告妈，让她注意身体。说完鸿兵就出了门。我愣了愣神，走进房间，对母亲说，妈，鸿兵走了，咱们吃饭吧。

母亲没有说话，一下子就落了泪。

8

罗美宁

城子离开以后，很长一段时间我一直失眠。爸妈担心我想不开，总是轮流守着我，虽然他们没有明说，但是我知道他们的心思。妈妈要么给我做些好吃的饭菜，要么就问我要不要一起出去旅游。爸爸也常常找我聊天，说些有的没的，但是我看得出来，他的眼里总是闪烁着担忧的神色。我只能再反过来安慰他们，让他们放心。其实我也不明白，为什么城子就这么离开了我们。有时候早晨醒来，总觉得他还活着，转念一想，才意识到他已不在了。

城子死后的第一个月，我几乎每天都要去我们的婚房，坐在新买的沙发上，想象着和城子结婚以后的生活。有好几次我都碰到了芳苓姨，她看到我在，什么也没说，只是慢慢坐下来，靠在我身边，然后就陷入长时间的沉默。我知道她在想念城子，我也是。我们就这样坐着，等待黄昏来临。后来我拿着新房的钥匙去了城子家，想要归还，但是芳苓姨和鸿兵叔都没接受。他们说这是给我和城子的婚房，所以钥匙应该留给我一把。我不知道该说什么，心里五味杂陈。芳苓姨紧紧地抱住我说，美宁，在我心里，你依旧是我的儿媳妇。

回想我和城子的恋爱经历，真是充满坎坷。我们高中时就在一起了。高中毕业以后，我们考进不同的学校，这是我没想到的事情。填报志愿的时候，他是拿着我的报名表抄的，我们报了同一所学校的不同专业。他读经管，我学音乐。谁想到那年报考黎城大学的艺术生特别多，我虽然过了分数线但还是没能进入黎大，得知消息之后我央求爸爸给我找关系。爸爸找了教育局的老同学，忙活了半天也没成功。那一年，因为临市的一起高考泄题事件，引发了国内的高度关注，我们市教育局换了新局长，新官上任三把火，没他开口谁也不敢冒这个风险，最终我还是留在了章丘读书。

想起这件事情就让人难过，从小到大，读了这么多年的书，却总也逃不开这个城市。收到大学录取通知书的那天，别人都是开开心心锣鼓喧天，我却抱着我的宝贝熊在卧室里哭了整整一个下午。那时爸妈吓坏了，担心我会出什么事，赶紧给城子打电话，让他过来看我。开始他站着敲了半天门，我没给开。我不是不想见他，只是不想让他看到我那么颓废的样子。后来他害怕了，大喊着我的名字，让我把门打开。我蓬头垢面、满脸泪痕地打开门，见他一脸着急，脸上的眉头都快要打结了。他看见我，舒了口气，也顾不上爸妈都在，就把我抱在了怀里。他说，美宁，你吓死我了。听到这句话，我心一软，想起即将分别的大学四年，我又忍不住哭了。他用手轻轻地拍着我的背说，宝贝，别哭。

城子，我们不能在一起读书了。说完这句话我又哇哇大哭起来。

他就这么抱着我，等我哭累了，说，我们会一直在一起的。虽然我们不在一个学校，但我答应你，会常常去看你的。听了这句话，我的心里好受了些。我抽泣着问他，你说的是真的？他看着我，突然就笑了，轻轻地帮我擦掉眼泪，温柔地说，当然，我会的。那时我觉得他的眼里仿佛闪着炫目的星光。听到他这么一说，我才放了心。我把他拉进了卧室，关上门，让他坐在床上。我翻出录取通知书给他看，说，我不想去上大学了，我想去你的大学。

他笑着看我，像在看一个傻子。他摸了摸我的头说，才四年嘛，等大学毕业了，我们就结婚。

听到他说结婚，我就开心了。那时候的我们好像对结婚这样的事情，总是充满了向往，觉得两个人只有结了婚，才显得正式而郑重。我抬头看着他说，你不许骗我。他伸出小拇指，说，要不我们拉钩。我说，拉钩就拉钩！

从那以后，我们开始了四年的异地生活。最初我们每天都会联系，打电话发短信，有时在教室的窗台边，有时在操场的草坪上，有时在宿舍的被窝里，相互倾诉着自己的生活和对对方的思念。虽然不能常常见面，但我依然觉得，城子就像生活在我的身边。每到假期，他都会坐四五个小时的火车来章丘陪我，然后我们一起去济南，爬千佛山、逛大明湖和芙蓉街。这样的日子持续了不到一年。大一下学期，城子好像有了变化。我给他打电话，他总是心不在焉的。后来我才知道，他父母离了婚。

得知这个消息，我请假去了黎城陪他。很长时间没见，他变得有些憔悴。看到我来，他依然很高兴，带我逛校园、吃食堂，然后去海边散步。他说他怎么都没想到，父母竟然会选择离婚。我说，我也没有想到。他说，是，我一直以为父母是相爱的。我说，城子，你别想太多，叔叔阿姨有他们自己的考虑。他苦笑着摇了摇头，没说什么。那晚我们相互约定，我们两人一定会好好地在一起。六月里，我们约定去云南旅游，谁想临近几天，城子却不想去了。我们在电话里大吵了一架，也不知道谁先提的要分手，然后电话就挂掉了。后来我一个人去了云南。每每想到这件事，我就十分生气，旅游没有结束，我就直接飞去了黎城。我带着行李箱去黎大找城子，谁想在学校门口，竟然看到他搂着一个女孩朝我走来。看到这样的情景，我当时就傻了。我丢下行李箱，冲上前就给了城子一巴掌。他大概没想到我会出现，捂着脸看我，眼睛里满是慌张的神色。我又气又急，说，黎若城，你什么意思？他旁边女孩特别嚣张，上来推了我一下说，你谁啊？我说，滚蛋，黎若城，你跟我解释清楚，这是怎么回事！城子看了看我，冷漠地说，美宁，你不是说跟我分手吗？我愣住了，没想到他会这么回答，就说，你真是个混蛋！骂完转身就走了。那天我是哭着回章丘的，把邻座的大叔吓得不轻，还叫来了列车员，说是担心我会想不开。回来以后，我哭了很多天，脑海里总是不断想起城子，只能逼迫自己忘记。

后来的很长一段时间，我都没和城子联系，他也没有找我，但暑假的时候我们不可避免地又见面了。宁檬叫我出来唱歌，城子也在。看到城子，我掉头就走。宁檬上前拉住我说，美宁，别这样。我说，我不想见这个王八蛋。宁檬说，知道你们分手了，可你们不能总不见面吧？我说，我就是不想见他。小满他们也上来劝我，说大家分手还是朋友。我说，如果你们是想撮合我们，我谢谢你们，我死都不会再跟城子在一起了。小满说，美宁，大家在一起都这么多年了，给个面子。我说，狗屁面子！后来宁檬说了一句，美宁，你就当陪我行吗？我的心一下子就软了，才留了下来。虽然城子也在，但是我们谁也不理谁，各唱各的。等大家唱到一半的时候，城子凑上来，叫了我一声，我没有理他。城子悄声说，对不起，美宁。我的心突然一下就绷不住了，眼泪不争气地掉下来。我没有说话。城子又说，美宁，希望你不要怪我。我哭着说，城子，你真是个混蛋。

我和城子就这么永远地分开了。

五个月后，我在学校里又谈了一个男朋友，但我始终忘不了城子。大四的时候，城子回家，我们又见了一面。离开的时候，我们像老朋友一样揽着彼此的胳膊往前走。我问城子以后什么打算。他说，回家。我说，女朋友呢？他说，哪有什么女朋友。我笑了笑，没说话。他说，那我走了。我说，好。他看着我，突然就一下子抱住了我。我被他紧紧抱着，觉得全身难受。他低下头，轻轻地吻了我一下。我心情激动，对他说，城子，这两年，我一直很想你。他把我抱得更紧了。我们就这样又走到了一起。毕业之后，我在爸爸的安排下进入了市人事局，当了一名普通职员。城子也回到孟官镇。鸿兵叔原本想让他进入公司，但是城子似乎对他爸爸怀有敌意，总觉得是他导致了母亲的离婚。鸿兵叔对他没办法，只好放任自流。

尽管我们重新走到一起，可是感情再也没有曾经那么热烈了。有时候我叫他陪我，他总是一副爱搭不理的样子，甚至我们的亲吻和拥抱，他的反应都有些冷淡，像是例行公事。

订婚之前，我们装饰房子，我让他陪我去看家具。他不去，说一切都让我做主。我说，那你喜欢中式还是欧式？他说，都行。好像在他眼中，结婚并不是一件重要的事情。我想跟他吵架，想知道他的想法，但他已经把自己包裹起来，再也不让人进入，就好像要结婚的并不是他。有次我们在家具城选择窗帘的布料，我问他哪一种好看，他也说不出来。老板极力向我们推荐那款带有流苏的褐色窗帘，可是城子觉得无所谓。我问他，他就说随便吧。当时我差点哭出来。我赌气地跟老板说，那就按你说的这款吧。说完我就后悔了，好像我要跟那个老板结婚。等到结账的时候，我反悔了，说我不想要这个了。城子就在一旁催促说，这个挺好的。我说，我不要。他说，怎么了？我跺了下脚说，我就是不要。他一脸诧异地看着我，大概觉得我不可理喻，于是没再说什么。

虽然后来还是随我的意，把窗帘替换掉了，但是我的心里依然有股气，难以抒发出来。路上城子也不说话，只是闷头开车。我总希望他能打开话题跟我聊聊，问问我为什么不开心，可是他没有，只是开着车。直到一个路口的时候，他的一个急刹车才让我找到了理由。我揶揄他说，你能不能好好开车？他显得有些无辜，看了我一眼说，是前面的车。我说，就是你不好好看车。他看着我，有些生气了。我当时心里就说，跟我吵一架吧。他说，美宁，你怎么回事，谁惹着你了？我抬高声音说，我怎么了？！他说，你是不是吃枪药了？我说，对，我就是吃枪药了。这时候车流又开始动了。他没有说话，继续闷声开车。我原本期望的吵架也没吵起来。到了家门口，我没有搭理城子，下车径直离开了。他看了我一眼，并没有追上来。

后来布置家具的时候我们又吵了一架。我说，城子，结婚不是我一个人的事儿，是我们两个人的。他见我生了气，才敷衍地提了一些建议。我和城子的感情出了问题，我没敢告诉任何人。那段时间，我们两个人总是因为一些鸡毛蒜皮的小事吵架，有时候是因为地毯的花纹，有时候是因为沙发的摆放位置，有时候是因为壁布的颜色，总之都是在一些琐事上面。结婚这件事情，我期盼了许久，所以格外热情洋溢，可是在城子看来，好像寡然无味。他一点也不关心我们未来的家是什么样子，也不关心我们未来的生活。

订婚之前，城子跟我商量想要旅行结婚，说婚宴就不要办了，省得麻烦。我倒是觉得无所谓。后来我跟父母说了，他们坚决不同意，觉得婚姻是大事，对于女儿家来说，一场风光的婚礼就是婚姻幸福的基础。妈妈说，女儿，你们的婚礼必须大办，要是黎家不想出这个钱，我们来出。后来我去城子家，跟鸿兵叔和芳苓姨说起来，他们竟然都不知道这件事情，一脸疑惑地看着城子。城子说，我就是不想麻烦。芳苓姨说，这有什么麻烦的，你们都不用管，我们来操办。说完还拉着我的手，让我和父母放心。其实那个时候，我就应该有所察觉，城子从内心深处，是没想过和我结婚的。

那段时期，因为城子对我时冷时热，我实在忍受不了，去找表姐偷偷哭了一场。表姐问我怎么回事，我把事情一五一十地告诉了她。表姐安慰我说，这可能是恐婚症，城子他还没有准备好结婚。我有点害怕，就怕城子不要我了。表姐告诉我，她和姐夫结婚的时候，姐夫也是这个样子。我说，那怎么办？表姐想了想说，这样吧，你也别担心，我找个人给你看看。

表姐帮我找了她一个朋友相熟的法师，说能够促进姻缘。那个法师穿着一身道袍，斜挎灰色布袋，身材高大，只是面目有些贼眉鼠眼。他来家里的时候，走路显得有些古怪，一拐一拐的。后来我问表姐，才知道那是什么四面八方步，是他们修行的一种法术。后来法师又拿出一块乌漆漆的罗盘，煞有介事地计算了一下，对我说，你们家里少点东西。我说，少什么？他东西南北地说了半天，神神道道的，我也没听明白。后来法师对我说，这样，我给你摆个阵吧。我说，摆阵？他说，对，给你摆上阵，保证男朋友对你热情似火。我说，师父，不用热情似火，正常就行。他摸了摸胡子，说，肯定正常，程度大小可以操控。我听着有点玄乎，就说，这能行吗？他两眼一瞥说，怎么不行，我葫篙法师的招牌在这儿呢！后来我才明白所谓的摆阵，就是在家里布置一些东西。法师经过严密的计算之后，在我和城子的卧室床头摆了一块璞玉，说是能够促进夫妻感情。那块玉倒也不贵，一共一万二。我说，只要能够让城子对我好，多少钱都值。

其实我是不太相信这个所谓的风水，但那个时候被爱情冲昏了头，只想让城子回心转意。一周以后，发生了“百脉饭庄事件”。晚上城子给我打电话，让我去找他，那时候，我才听说了整个事情的来龙去脉。

我赶到新房，看到城子喝多了躺在沙发上。他原本酒量就不行，可遇到事情还爱喝。看到我来了，他起身想要抱我，差点摔在地上。我连忙跑过去架住他说，你怎么喝那么多酒啊？他含含糊糊地说，和爸爸大吵了一架。我也不知道该说什么，只能安慰他。他突然一下子就哭了，说对不起鸿兵叔，也对不起我。当时我没有在意，说，你没对不起我的。他说，美宁啊，你说我们能够好好在一起吗？我说，能，肯定能。他又说，今天我差点和我爸打起来。我说，为什么啊？他说，不为什么，是我错怪了他。从那以后，城子对我的态度明显好了很多，没过多久我们就顺利订了婚。订婚宴结束之后，回家的路上，我问城子是不是真心愿意娶我。他说，你猜。他又说，傻瓜，我们都订婚了，想赖也赖不掉啊。我说，如果有一天你不要我了，我就杀了你。他说，你这么凶啊！我说，我就是恶婆娘。我们两个看着对方，一下就笑了。城子上来亲了我一下。那时候我觉得，我的幸福生活才刚刚开始，可我怎么都没想到，不到两个月，他就离开了我。

城子死后的第三天下午，许诺把我叫到了麦芽，说要问问关于城子的一些事情。麦芽是孟官镇上唯一一个音乐酒吧，每当夜色降临，店前的麦芽招牌亮起，光影变幻之间，仿佛让人进入了多重时空。麦芽的走廊里摆满了来自世界各地的精酿啤酒，都是老板精心搜罗而来，据说品种上百，让人叹为观止。走进去的时候，我以为小满和宁檬都在，谁想只有许诺一人。

许诺看到我，招了招手。我走过去坐下，问他究竟有什么事情。许诺推给我一杯冷饮，说只是想找我聊聊天。我说，许诺，有话就直说吧。许诺看了看我，犹豫一下说，美宁，我听说城子死前你们吵过架？我心里一凛，不知道许诺为什么会这么问。这件事情，警察问过，芳苓姨也问过，这回竟然轮到许诺来问。我说，许诺，你什么意思？许诺说，美宁，你别误会，我就想弄清楚城子为什么会自杀。我说，你是怀疑我吗？许诺说，不是。说完他从兜里掏出一张照片，递给我看。那是两天前我们一起去城子家的时候，小满在一本书里发现的，后来许诺跟芳苓姨要走了，说要留作纪念。我看了一眼说，怎么了？许诺说，美宁，这是前天我们发现的那张照片。我说，我知道，那又怎样？许诺沉吟半晌，说，美宁，你不知道，这个女孩差点成了我的女朋友。我愣住了，问他，你什么意思？许诺说，美宁，我和城子就是因为这个女孩闹掰的。我明白了，说，大学时候的城子真不是东西。许诺又说，美宁，我不是这个意思。照片是在城子的一本书里发现的，所以我觉得这张照片对他来说，应该很重要。我不知道许诺想要表达什么，就说，许诺，城子睡过的女孩多了，这不过是十几分之一。许诺没有说话。我又说，再说了，可能当时他拍了这张照片，就忘了，也可能只是他的一个女性朋友。许诺愣了愣说，女性朋友？我说，对，城子说过，他这辈子，最爱的女人只有我。许诺没有说话，似乎正在回想什么。我端起冷饮喝了一口。我说，许诺，你和城子之间有什么事情，我不想管，但是现在城子死了，我不想他受人非议。许诺看着我，有些不好意思，说，美宁，我只是想弄明白城子的死因。我说，每年死的人多了，你能弄明白吗？许诺说，美宁，城子是我兄弟。我撇了撇嘴，不置可否。许诺说，美宁，我听说，你和城子订婚前后的这段时间，感情并不是很好。我急了说，胡说八道，这是哪个王八蛋传的？我和城子好着呢！许诺说，美宁，你能跟我说实话吗？我说，这就是实话，我们的感情一直很好。许诺说，可是城子死前，你们吵过架。我冷笑着说，我们是吵过架，哪有情侣不吵架的？许诺说，美宁，你们为什么吵架？我说，都是鸡毛蒜皮的小事。对不起许诺，我们的私生活我没办法告诉你。许诺沉默半天，又问，你听城子说过何方圆这个名字吗？我说，何方圆？许诺嗯了一声。我看了看他，说没有。许诺点了点头，对我说，美宁，我今天问的这些事情，希望你不要介意，我只想知道城子究竟是怎么死的。我忍着气说，你是想知道他怎么死的，还是想弄明白他和这个姑娘有没有关系？许诺没有理会我的嘲讽，说，美宁，我觉得我可能是误会城子了。我说，误会？他说，是。然后把照片翻过来，指着上面的日期说，城子认识她好像比我要早。我说，那又怎么了？许诺说，如果是这样，那这一切就都不对了。

我没有问他为什么不对。许诺和我坐了一会儿，起身走了。第二天我从宁檬口里听说，他去了黎城，想要弄清楚城子大学时候的一些事情。其实一直以来我都不太喜欢许诺，觉得这个人太虚伪，而且宁檬喜欢他喜欢了八年，他一点反应都没有。许诺走后，我在麦芽坐了一会儿，突然觉得好像一切都不真实。其实，我没有对许诺说实话，何方圆这个名字我是知道的。

9 小满

城子的离奇自杀成了街坊邻居们茶余饭后的谈资，他们在清晨的饭桌上谈起他，在午后聒噪的蝉鸣中谈起他，在傍晚的阵阵凉风里谈起他，但没有一个能够说清他究竟为何而死。唯一具有说服力的，只有城子死前因为和美宁之间的感情问题而导致的自杀。谁想到城子葬礼后的第三天，流言就传遍了孟官街。据说城子死的那天，美宁家的邻居虹云阿姨，正好提着布袋下楼买菜，碰到了从美宁家出来的城子。她看到城子脸色惨白，六神无主，对自己爱搭不理。城子摇摇晃晃下楼时，还差点撞到门前的那棵梧桐树。因此，虹云阿姨逢人就唠叨说，以前城子总会热情地跟我打招呼，那天他好像没看见我，我叫他他也没听见，一定是在美宁家里发生了什么事。

其实她这么想并非毫无道理。在此之前，城子和美宁两家的关系就有些说不清楚，甚至原本说好的订婚宴一推再推。两人推迟订婚宴并非因为情感不和，而是城子的姥娘在城子订婚之前拿着他和美宁的生辰八字找人算了一卦，发现日子有些不吉利，才决定推迟订婚。为了这件事情，鸿兵叔和芳苓姨都跟城子的姥娘磨破了嘴皮，也没能说动她老人家，只好硬着头皮再跟罗家商量。美宁的母亲得知以后，虽然不太高兴，但还是在美宁的劝说下同意推迟日期，迎合了城子的姥娘。两人的订婚宴没有大办，只是请了关系不错的几位亲友。然而我妈参加订婚宴回来后却莫名其妙地问我两人关系如何。当时我觉得一头雾水，说，两人挺好的啊。我妈自顾自地说，我怎么觉得城子不太高兴呢？我说，怎么可能，我看他是高兴过头了。我记得城子和美宁订婚的那天上午，阳光和煦，气氛热烈，城子和美宁两人满面春风，在酒桌之间来回穿梭敬酒，让人觉得好像又回到了高中时代。

二〇〇六年的六月，高中二年级的一堂体育课上，我和城子站在操场的看台上聊天时，他第一次提到了美宁，问我觉得她怎么样。那时的我无知无觉，还以为城子只是随口一提，评价说长得还行。等到几天后他拉着我去艺术楼的舞蹈室偷看美宁跳舞时，我才知道了他的心思。那时候我们两个人躲在走廊的窗户外面，看着身穿黑色舞蹈服的美宁一遍遍踢腿、转身和跳跃，额头上的汗珠在午后阳光的照耀下闪烁着青春的气息。我打趣城子说，你不会喜欢美宁吧？城子愣了一下，说，别胡说！我说，不喜欢你在这儿看人家跳舞？城子的脸一下红了，说，你不也在这儿看呢吗？看着他扭捏的模样，我知道自己没有说错，并为抓到了他的秘密而开心。我说，你就是喜欢她！他上来按我的嘴，但是被我躲开了。我们两个人的打闹引起了美宁的注意，她走到窗户前，皱着眉头问我们在吵什么。城子一看到美宁，吓得不知所措，拉着我就往楼下跑。我像发现新大陆一般兴奋地大叫，罗美宁，黎若城他喜欢你。

后来城子跟我坦白，其实在那之前他就对美宁动了心思。两个人的缘分应该追溯到四个月前的一天下午，美宁跟着调任的父亲母亲从临淄开车来到孟官镇，她透过车窗观望这个拥有红褐色房屋和宽阔街道的小镇时，城子恰好骑着自行车从尘土飞扬的树下经过，狐疑地打量着她所乘坐的黑色大众汽车。两人的眼神就这样撞到了一起，在彼此的眼中看到了自己。那一阵子，大家都知道镇上将有一位新书记到任，但谁也没想到是美宁的父亲罗卫民。他们搬到孟官街以后没有大肆宣扬，也没有走街串巷拜访四邻，以至于人们一星期后才发现他们一家的到来。那些时间里罗卫民先是走马上任，然后经过慎重考察给美宁安排好了就读学校，进入我们班隔壁的优秀班。

城子也没想到会在学校里再次碰见美宁。我们听说隔壁班里来了一名漂亮女生，纷纷借着借书的名头跑到窗前找熟识的朋友，以此观看刚刚转学而来的女生罗美宁。城子跑到隔壁班时，正好碰到从教室出来的美宁。围观的几个男生纷纷让开道路。美宁看到城子愣了一下，然后微微笑着向他打了声招呼。城子也愣了一下，随后简短地做了回应。我们见此情景，纷纷大声质问两个人怎么相识的。等到美宁走后，城子对我们交代了他曾经见过她的事情，那时候我们才恍然明白，美宁就是新任镇委书记的女儿。后来两人再次碰见，都会象征性地打声招呼，但未有更进一步的交流。直到一个月后，城子和我们在走廊里打闹的时候，撞到了从外面而来的美宁，把同行的几个女生吓了一跳。城子连忙上前道歉。美宁皱了一下眉头，然后笑着说没关系。那天美宁穿了一件白色衬衣，下身是红白色的校服裤，她那如阳光般明媚的笑容和隆起的胸部一下子击中了城子，让他在此后的几天里神魂颠倒，茶饭不思，甚至再也无法专心致志地听课。那段时间里他常常忘记带书，只好跑到隔壁班里找宁檬去借，同时以此换来见到美宁的机会。

那天我的行为如同号角一般促使他不得不对美宁展开正式追求。第二天下午放学以后，城子等候在隔壁教室门前，直接拦住了美宁，向她表达了自己的倾慕之情。美宁看了看城子，一句话都没说就跑开了，剩下城子站在原地手足无措。看着美宁离去的背影，城子倍觉伤心，以为她拒绝了他。等到两天后我们找宁檬试探美宁的时候，才从她的口中得知美宁当时只是被城子的莽撞举动吓坏了，不知道该如何应对，只好选择了逃离。于是城子又重新振作起来，花了两个晚上给美宁写了一封情深意切的情书，交给宁檬，让她帮忙转送给美宁。宁檬后来跟我交代，她当时没敢直接递给美宁，而是趁美宁课间不在的时候塞进了她的书包，下午两人一起前往学校超市时，又装作不经意地问起美宁对城子的看法。美宁自己也难以说清，并且说上课的时候还在抽屉里发现了城子的情书。宁檬建议她给城子写封回信。美宁照做了，在回信里对城子的喜欢表达了感谢，但是希望两人能够成为好朋友，一起促进学习。那封信里含义不明的措辞和模糊的态度让我们大失所望，但在城子看来却充满了希望，觉得两个人的关系更近了一步。当时我认为城子已经被相思病折磨得神志不清，劝他放弃。他信誓旦旦地说，我跟你说小满，我这辈子还非她不娶了！其实他自己也没有信心，又找宁檬商量。宁檬建议两人从朋友做起，慢慢感化。城子只好又写了封信，约定周末的时候去小镇唯一的书店看书。美宁答应了，但不是只有他们两个人，还要叫上宁檬。宁檬又叫上了许诺和我，于是那天我们五个人在书店里待了整整一个下午，直到黄昏来临。

从那以后，美宁和我们几个人才渐渐熟络起来。一周后的星期六，我们又一起去书店的时候，城子和美宁竟然在我们面前堂而皇之打打闹闹。我们这才知道，前一天晚上城子送美宁回家时，壮着胆子表达了对她的爱慕。得知两人恋爱，我们让城子请客，去书店也改成了去电影院，晚上我们又去许诺家的百脉饭庄饱餐了一顿。从百脉饭庄出来，我们走在孟官街上，城子开心地唱起了不久前刚刚学会的民谣，美宁边走边跳，在昏黄路灯的映照下像一场幻景，让人不愿醒来。

可惜好景不长，城子和美宁的恋情很快就被父母发现了，他们是在逛街时被我妈看到的。我妈把这事告诉给了宁檬的母亲，宁檬的母亲又告诉了城子的母亲。那天晚饭过后，我妈来我房间，满脸忧愁地看着我问，儿子，你没早恋吧？当时我感觉一阵莫名其妙，问她什么意思。她才告诉我白天的时候看到城子和美宁走在一起，看起来非常亲密。我意识到出事了，连忙穿上衣服往外跑。我妈一把拉住我说，你跑什么？我说，妈，大事不妙。她说，你是不是要给城子通风报信？我连忙否认，甩开她的手冲出了门。我妈气急败坏地对我大喊，你要敢早恋，我饶不了你！

等我跑到城子家时已经来不及了。他刚刚被父母训斥了一顿，正被关在卧室里看书。客厅里一片狼藉，气氛沉闷得就如炎热的夏日午后。芳苓姨正在收拾地上的碎茶具，看到我进门，就停下来拉住我的手问我，小满，他早恋的事你知道吗？

我连忙摇头说不知道。

小满啊，你得帮我们在学校看着城子，让他学好。芳苓姨叮嘱我说。

行，我去教育教育他。我憋着笑敲了敲城子的卧室门。

城子听到是我，打开了门。没等我开口，城子就告诉我他跟鸿兵叔吵了一架。从小到大城子在我们父母这辈人眼中都是听话的好孩子，也是鸿兵叔和芳苓姨的骄傲，但因为鸿兵叔和城子聚少离多，始终存在一些隔阂。虽然鸿兵叔很少干涉城子的生活，城子也始终按照鸿兵叔的安排一步步成长，但是这次城子坚定的眼神让我觉得他认了真，虽然鸿兵叔没收了他的手机，并让芳苓姨严密监视城子的学习生活，但他丝毫没有屈服。我不知道那段时期美宁是怎么度过的，每天她都会送来一封情书让我转交城子，然后等待城子隔三岔五的回信。

当时我们都为两人的恋情而担忧，可不知道为什么，半个月后城子和美宁又光明正大地走在了一起，甚至在学校里也毫不顾忌别人的眼光。我们问城子是怎么说服他父亲的，城子却吹嘘谁也管不了他。直到半年之后，城子跟我们说他不打算考艺术院校了，而是报考黎城大学的工商管理专业，我们才知道他和鸿兵叔达成了协定：鸿兵叔同意他和美宁恋爱，但前提是他得放弃自己的音乐理想。

虽然城子和美宁公开了恋情，但在学校里，两人依然只有中午和放学后才能凑到一块儿，即使课间的时候，也要提防老师们突如其来的目光。曾经有一次，城子和美宁在学校教学楼外偷偷见面，就被美宁的班主任撞到了。城子当时有些惊慌失措，表示自己找美宁有点事情。美宁的班主任没说什么，而且还露出了宽容的笑容，背着手离开了。后来城子对我们讲起这件事的时候，炫耀说连学校的老师也管不了他。但我们还是会拿他逗趣，说，那你妈呢？芳苓姨是我们学校的语文老师，无论城子犯了什么错误她几乎都能第一时间知道。城子说现在他妈妈是支持他恋爱的。我们说他吹牛。后来我们打了个赌，如果城子敢带着美宁去学生食堂吃饭，那么我们就服他。因为我们学校为了防止学生早恋，对食堂区分了男女。男生进北食堂，女生进南食堂。食堂里时常有学生组织的稽查队成员进行例行检查，一旦发现有人违规，立即上报，然后交给学校处理。城子答应了，说让我们好好等着。

中午的时候，我们几个人像有什么盛大的欢庆日一样，簇拥着城子守候在隔壁班的门口。美宁他们班还没有下课，老师见我们和城子在门外向里张望，就笑着说，你们干吗，找美宁吗？城子有些不好意思，连忙退缩到一边。美宁的班里传来一片哄笑。老师笑着布置完作业就下课了。城子站在美宁教室门口，几个认识的同学向我们打招呼。美宁走上来说，你们干吗呀，都挤在门口。城子说，今天咱们一起吃饭。美宁说，为什么呀？城子说，不为什么。说完就招呼着美宁，大摇大摆地走了出去。我和许诺等人纷纷跟在身后，发出阵阵怪叫。美宁回头看着我们，一脸困惑。

走出教学楼，美宁停下来，让城子说清楚究竟要干吗。城子说，我跟他们打了个赌，带去你男生食堂吃饭。我和许诺饶有兴趣地看着他俩。美宁问我说，你们打赌了？我说，打了啊。美宁说，赌的什么啊？我说，一顿饭，“西北风”。“西北风”是我们学校外面有名的面馆。美宁说，输了谁请？许诺说，我们。美宁说，你和许诺？我说，对啊。美宁说，行，赌就赌。说完和城子并肩一起朝食堂走去。我和许诺对看了一眼，觉得有些不可思议。宁檬在我们身后说，看看，傻了吧。美宁果然和城子一起去男生食堂吃了饭。巧合的是，那天学生稽查队并没有去食堂检查，让城子白白捡了一个大便宜。走出食堂，城子问我们什么时候去“西北风”。许诺说，这提议是小满提的，看小满。我说，什么意思啊？许诺说，你请客啊。我说，滚蛋。这回不算，稽查队的那帮学生根本没来。城子说，哎，你们是不是盼着我被抓？我说，没错，这就是恋爱的代价。城子提脚作势想要踹我，被我一下躲开了。

我往前跑了两步，说，哥们儿，你要能抓着我，我就请客。城子高声说，我非让你小子请客不可。说完朝我追来。我拼命逃跑，穿过一个又一个同学，一棵又一棵梧桐树的倒影。笔直的校园路上，我们像两只大鸟在学校的路上疯跑。阳光猛烈，众生喧嚣，我听到美宁和宁檬在身后抱怨着大喊，你们别跑了！

那些记忆恍若昨日。高中时代，城子和美宁的关系一直很好，两人的恋情后来已经到了人尽皆知的地步，我们共同的老师就常常在班上对城子开玩笑说，美宁考试又考了多少多少分，你们相差多少。那个时候，好像即使在老师的眼中，城子和美宁也是天生的一对，他们迟早都会在一起，并且永远都会在一起。

谁想大学第二年的春天，城子突然来找我。那时候我正在学校南区跟人打球，听到城子来了，连忙骑着自行车跑到校门口去迎接。见面以后，城子说过来散散心，让我带他去酒吧。我说，这里没有酒吧。他说，那随便哪儿吧。我见他心情不好，没有多问，带他坐着公交车转了大半个城市，在光岳街上找到了一个还算有名的大排档。一路上城子都没有说话。坐下以后，我问城子想吃什么。城子说，随便，来点酒。我转身对老板说，先给我们来三十串羊肉、三十串板筋、一盘毛豆、两瓶啤酒。城子说，两瓶不够。我招手说，再加两瓶。看着城子的脸色，我就知道了事情的严重性。

一个月后，我才从我妈的口中得知，那段时间鸿兵叔和芳苓姨离婚了，估计对城子的影响很大。老板拿酒上来之后，城子就对着瓶子一通猛灌，喝了大半瓶。我说，你慢点。他说，有点渴了。我说，哥们儿，是不是遇到什么事了？他说，没什么。后来不管我问什么，城子就是不说。我们差不多喝了一提酒。中间城子去卫生间的时候，跟一个醉汉撞到了一起。醉汉晕乎乎的，也不知道说了什么，城子就回他说，你他×有病啊！醉汉两眼一眯，上前就给了城子一拳。我见势不妙，抄起一个啤酒瓶拍在了那人头上。所有人都是一愣。那人转头看着我说，我×。说完一下就昏倒了。对方的兄弟见状，也提着啤酒瓶上来了。城子顾不上别的，一下就掀了桌子。现场大乱，尖叫声和嘈杂声混到一起，像一曲粗鄙的交响乐。城子拉起我跑出了门。我们穿过马路的时候，还差点被路过的汽车撞到。城子离开以后，我专门去了那个烧烤摊，老板说后来人醒了，也没什么事儿，就去旁边的卫生院包扎一下回家了。我把饭钱结给了老板。老板说，想不到你们挺有情义。我说，一码归一码。

那天我和城子穿过马路，见没人追来，看着对方笑了很久。好像心里特别痛快。走出一个路口，我问城子到底怎么回事，他也不说，然后大声唱歌，唱的是*Take Me Home Country Roads*（《乡村路带我回家》）。声音回荡在马路上，传到深邃的夜空。回到学校，宿舍已经关门，我们只好在外面开了一个标间。临睡前我又问城子到底出了什么事。他沉默半天，让我别问了。第二天一早，我问城子要不要四处转转。城子问我有什么好玩的地方，我说有海。城子说，黎城也有海。我说那要不要去爬山。城子拒绝了，他想了想说，算了，我回去了。我说，你回哪儿？他说，回学校。我说，哥们儿，留下玩会儿，我带你逛逛。城子摇摇头说，算了小满，我还是回去吧。他执意回校，我也没再挽留。上车的时候，城子告诉他和美宁吵架了。我问他因为什么。他说，我也不知道。说完他笑了笑，笑得有些凄凉。

后来没过几天，我就听说两人分手了。暑假的时候，我们一起出来唱歌，城子和美宁谁也不理谁，像有什么深仇大恨。我们劝了很多次，都没能撮合两人复合，那个时候我们都觉得两人不可能再在一起了，谁想临近毕业的时候，城子开车来学校找我。我看到副驾驶座位坐着的竟是美宁。我疑惑地看着两人，有些搞不明白。城子告诉我说，两人又走到一起了。我特别高兴，于是带着我的女朋友晓晓和他们一起吃了饭。回到孟官之后，美宁和城子的感情也越来越稳定。我们几个人也开始常常混在麦芽酒吧，直到城子和美宁订了婚。

所以在我看来，即使城子在临死之前和美宁有过争吵，也无法证明这是他自杀的原因。因为我们每个人都知道，城子和美宁的感情从学生时代走到现在，虽然有过坎坷，但决定进入婚姻一定是经过深思熟虑的，尽管曾经有过争执，也不过是他们走向幸福生活的一小段插曲而已。

城子死后的第三天傍晚，许诺大概听到了什么消息，来到家里找我，说要跟我谈谈。我把他让到沙发上，打开冰箱问他想喝什么，他却对我说，小满，我们出去走走吧。我说，怎么了哥们儿？他说，聊聊城子的事。我关上冰箱说，我们两个人？他站起来说，我们两个人。我说，行。然后我们一起下了楼，来到小区前的广场上。临近黄昏，三三两两的人凑在广场旁的树下谈天。我们穿过人群，走上林间小路。沉默半天，许诺长长地舒了口气说，小满，就是有些事情，我搞不明白。我说，怎么了哥们儿？他说，你说城子为什么自杀？我说，不知道，我怎么知道。他双手插兜，抬头望着天说，我就是觉得我们没有想象的那样了解城子。我想了想说，可能吧。

其实以我对城子的理解，他不是许诺口中那个抢他女朋友的人。我说出了自己的想法，许诺面色有点难堪，停下来说，其实你根本不了解，大学时候城子是怎么样的。我知道许诺的意思。或许四年大学生活改变了我们太多，但是在我看来，城子依然如高中时候一样温和善良。我说，后来城子一直没有跟你解释？甚至没有说过两人早就相识？许诺摇了摇头，痛苦地说，这才是让我难以理解的地方，按理说以城子的性格，他做不出这样的事情，但是他从来没有正儿八经地跟我说过这件事情，甚至也没说过两人早就认识。我说，哥们儿，或许他有什么难言之隐呢？许诺苦笑了一声说，我只能认为，他们两个人之间真的有过什么。我说，去了北京之后，你和何方圆还有联系吗？许诺说，没有了。曾经有段日子，一想起她，我就觉得难过。我说，也有一种可能，就是你认识何方圆的时候，她已经是城子的众多女朋友之一了。

他没有说话，只是默默地走着。林中有几只麻雀飞过树梢，然后在明明暗暗的光影中飞远了。后来许诺对我说，城子死后，当他开始回忆往事时才发现，他之所以无法原谅城子而回到家乡，不是因为城子夺走了何方圆，而是不愿一直活在他的阴影之下，难见阳光。好像从小到大命运总是偏爱城子，无论他想要什么都能轻而易举地得到，哪怕那些东西根本属于他。

我没有说话，跟着许诺走出树林，来到小区的健身角。他继续说，我总觉得，城子和何方圆之间，有什么秘密。我说，你的意思是说，两人现在还保持着联系？他说，我只是猜测。我歪着头想了半天，有些不明白。他说，城子和美宁的感情好吗？我说，挺好的。他说，我听说，城子死的那天，两人曾经大吵一架，甚至说要退婚，他们真的好吗？

许诺这么一说，我才想起城子订婚之后找我喝酒的事情。那天我刚刚从朱家裕采风回来，正好碰到城子在广播大厦的楼下等我。他叫我陪他去喝酒。我把资料传给同事，和他到了麦芽酒吧。坐下以后，我问他怎么了。他说没什么，就想喝酒。当时我有些疲惫，也没有心情细问，只是陪他一杯杯地喝酒。那天晚上他喝醉了，我们两个人相互搀扶着走到街道上，大声地唱歌。路上每个认识城子的熟人都向即将新婚的他道贺。在孟官街路口，城子突然拉住我问究竟什么是爱情。我想了想说，爱情应该是两情相悦吧？就像你和美宁，你喜欢她，她也喜欢你。

她喜欢我，我也喜欢她？

对啊，我说，当然。

但是现在我好像不喜欢她了。城子说。

那你喜欢谁？我问他。

城子摇了摇头说，小满，人都是会变的。

是啊，人都是会变的。当爱情消逝了，那究竟是什么支撑着我们和爱人走下去呢？我想了很久，依然弄不明白答案。那天我问城子，哥们儿，如果以后你又有了喜欢的人怎么办？

重要的不是喜欢，是爱。他说。

10 章南

许诺打来电话的时候，我正陪着儿子在世贸广场的儿童乐园上亲子课。那是儿子人生里的第一次比赛，还不明白其中的重要性，别人家的孩子都像训练有素的猎犬，奔着目标连滚带爬，只有他愣头愣脑地在起点来来回回画圈。当时我就觉得，这孩子长大以后也是个不听话的主，跟他妈妈的脾气一样，固执己见，不听人劝。看到有个孩子已经爬到终点，我有点着急，拍了拍手，朝儿子大喊，柚子，快点爬，往前爬！这一喊不要紧，儿子横着滚出了赛道。

这时我的手机响了，电话号码显示是北京来电，虽然我觉得可能是骚扰电话，但还是顺手接了。对方自报家门说是城子的发小许诺，我想了半天，才恍然记起是大学时候那个常常抱着篮球来我们宿舍找城子的哥们儿。他告诉我城子去世了，想来黎城找我打听点事情。我以为自己听错了，问他，你说什么？他说，城子去世了。我说，别开玩笑。他说，是真的。我没说话。他又问，明天你有时间吗？能不能见个面？我犹豫一下说，行，明天我去车站接你。

挂掉电话，儿子已经在我妈的耐心指导下爬回了赛道，正一点点向着终点努力，但我已经没有心情为他叫好了。我转过身子，看着商场里来来去去的人流，突然就想起了大学刚入学的时候，我报到完在车站等车，有个人从身后拍了拍我的肩膀。我回过头，看到一个身材高大、笑容灿烂的哥们儿对我说，刚才看到你报到了，我们是一个宿舍的。我说，你好。他说，你好，我叫黎若城，你可以叫我城子。

电话里许诺没有细说城子是怎么去世的，只告诉我是个意外。晚上回到家，老婆看我神情悲伤，走过来问怎么回事。我问她，你还记得城子吗？咱们结婚的时候，我的四个伴郎之一。老婆说，记得啊，老跟滕静开玩笑，说你们大学时候的糗事。你那些同学里，属他闹得最欢。我点了点头说，是他，这个王八蛋。老婆说，怎么了，他要结婚了？我说，他死了。老婆说，你说什么？我长叹一声，压住眼泪说，他死了。老婆愣了愣，把我揽在怀里抱了一下，就去忙别的了。儿子爬过来找我，想让我抱抱。我抱起儿子，看着他在我怀里咿咿呀呀张牙舞爪，忽然就觉得一阵难受。

那天晚上我躺在床上辗转反侧，怎么都睡不着，起身走到客厅里，翻找我们大学时候的影集，想再看看城子。我妈听到声响，走出来问，大半夜的你折腾什么？我说，没什么，妈，你去睡觉吧。我妈说，柚子呢？我说，睡着了。我妈看看我说，你怎么了，是不是不舒服？我没忍住，眼泪一下就掉下来了。我说，妈，我的好兄弟死了。

在我的印象里，城子是个如阳光般温暖的男生。我的姐们儿滕静见他第一面就喜欢上了他，非要追着我介绍两人认识。我说，你是女生，能不能矜持点？她说，狼多肉少，矜持不了。我说，你喜欢他哪点，我让他改。她说，他比你好看。其实我知道，滕静喜欢上城子不是因为他长得好看，而是他的细心与温暖。两人第一次见面是在学校的广场上，广播社搞活动，滕静作为工作人员提了一个三脚架，正在等人。我在人群里看到她，上去打招呼，一不小心聊了起来，同行的城子大概看不下去，主动问她要不要帮忙。她看了城子一眼说，你叫什么名字？我说，忘了介绍，这是我同学城子。滕静伸出手，介绍自己说，我是章南的高中同学，我叫滕静。

大概从那时起，她就对城子上了心。后来我扛不住滕静的软磨硬泡，带着她和城子一起吃了顿饭，算是认识了。我叮嘱滕静说，认识归认识，你可别下手。滕静说，我有那么心急？我说，不是心急的事儿。我没好意思说，刚入学的第一天晚上，我们宿舍里几个人就坦白了各自的情感状况，城子有个女朋友，是他的高中同学，现在在老家章丘读大学，两人算是异地恋，而且依照我的判断，滕静也不是城子喜欢的那一类型。谁想到两人没过几天就熟络起来。

有一次我们几个打算去南大街的八度空间唱歌，城子让我叫上滕静。我问他什么意思，不会是喜欢上她了吧。他笑笑，拍我一下说，你想什么呢？

晚上滕静来了，和我打个招呼就主动坐到了城子旁边，两人有说有笑，打打闹闹，像是认识了多年的老朋友。趁着叫酒的间隙，我一把拉着城子出了包间，问他和滕静发展到哪一步了。城子说，我们就是朋友。我说，城子，滕静是我姐们儿，单纯着呢，你可别害她。城子神情一愣，顿了顿说，我们就是朋友，你想多了章南。我说，你当我不存在呢？你是有女朋友的人，别跟我姐们儿玩暧昧！他说，我哪跟她玩暧昧了？我说，你们这就是在玩暧昧。这时候滕静出来了，看到我们正在吵架，说，你们吵什么？我对滕静说，你以后离他远点！滕静说，怎么了？我说，你知不知道他有女朋友，还没事跟你瞎聊天。城子说，章南你说话注意点啊。我说，你滚蛋！滕静说，行了，我还以为多大的事呢。我知道他有女朋友啊，我们是哥们儿。说着滕静把手搭在了城子的肩膀上。我愣在原地，半天没说话。两人相视一笑，看着我，像是看动物园里的马猴。城子上来拍拍我，一脸奸笑，说，我特别想采访一下，你现在是什么心情？我一脸不快，说，滚蛋，我真想揍你。

我一直不明白两人为什么会成为朋友，还以为滕静是喜欢城子的。那次我和滕静去学校外面的老地方餐厅吃饭，忍不住问她到底怎么想的。滕静说，在你眼里我就非他不嫁？我说，没这个意思，就是好奇，你不会潜伏呢吧？咱可千万别当第三者。滕静皱了皱眉说，我呸！你会不会说话，老娘二八年华，风姿绰约，追求者排到了校门口，非得在一棵树上吊死？我说，那你这是什么意思，别以为我不知道，你是不是经常跟城子聊天？滕静看着我，意味深长地回答说，城子了解女生，不像你。我有点急了，说，我怎么了？滕静没说话，开始闷头吃饭。我踢了她一下说，什么意思啊你？滕静停下筷子，看着我说，看看，这就是你们俩的差别。章南，假如有一天，有个姑娘瞎眼看上了你，你一定要好好宠着她，能对她多好就对她多好，知道吗？我说，你这话里有话啊。滕静点点头，说，记住，吃饭。

后来我才明白滕静的意思，她是说我不懂女生的心思。在这方面，城子的才情确实与生俱来。大二那年的秋天，我们开始学习金融经济学，教我们这门课的是学院里有名的"灭绝师太"——高老师。高老师年轻时候留学英国，毕业于伦敦政治经济学院，二十九岁回国执教我们商学院，是学校里有名的美女老师，然而一年以后她却以性情严厉、心狠手辣八个字闻名全校。和其他老师不同，她不仅在意考试成绩，更重视平时表现，那一年，她所带的班级有大半学生没有通过期末考试，不得不选择两天之后的重考。后来听师哥师姐们讲，如果有幸回到那个冬天，隔着樱花林都能听到学院里的鬼哭狼嚎，简直惨不忍睹，从此高老师就获得了"灭绝师太"的名号。

在我们商学院，从来不缺优秀的学生，也不缺聪明的学生，城子却是我们班里唯一一个让高老师满意的学生。她常常夸赞城子勤奋用功，聪明好学，可我们宿舍几个哥们儿谁都知道他平时从不学习，只在考前突击复习，却也能拿到一个不错的成绩。那次高老师又在课上表扬城子，想起他平日里的所作所为，我就忍不住笑了。高老师看到以后，让我站起来，问我笑什么。我支支吾吾没有说。她就问了我一个关于马赫卢普夫人“衣橱理论”的问题，我自然没有回答上来，被她狠狠地训斥了一顿。从那以后，我开始关注城子的课堂表现，其实也不怎么突出，只是课间时他常常找高老师聊天。我凑上前一听，发现两人正在讨论当前国内的经济形势和金融政策。我有点奇怪，课后问城子为什么要和老师聊这些。他歪头看着我说，这不是我们的专业吗？我一时无语，说不上话。城子笑笑说，高老师看似不近人情，其实外冷内热，少有知音，平时多找她聊聊天，会让她觉得你特别懂她。这叫对症下药，四两拨千斤。我有点嫉妒，说，你真是老少通吃，连“灭绝师太”都降得住。城子拍了我一下，笑着说，学着点吧，年轻人。我有点不屑，觉得城子是耍小聪明，后来我才知道，是自己想简单了。

我第一次注意到城子的家庭，是因为滕静的生日聚会。十月里的一天，我在学校食堂门口碰到滕静，她说马上生日了，想请我和城子吃个饭。我说没问题。自从高中时代开始，我们两个就互送生日礼物，已经成了惯例。我常常跟她开玩笑说，我对女朋友都没这么好。滕静白我一眼说，你女朋友在哪儿呢？我怎么没看见。玩笑归玩笑，但礼物还是要送的。那时候滕静正好迷上弹吉他，我准备了一套吉他练习曲。城子看到了，说，那我就送她一把琴吧。到了生日聚会，城子果然带了一把琴来，亲手递给滕静。滕静打开琴箱，里面是把漂亮的红色吉他，上面还雕刻着古典花纹。我对吉他不了解，但觉得很是好看。滕静的一个朋友看了看，倒吸一口凉气说，好琴。滕静听了，眼里泛光，一脸笑容地抱了抱城子说，谢谢你。城子说，太客气了。我看着两人亲昵的模样，有点不自在。城子看了看我说，章南，你嫉妒了。我说，我嫉妒个屁，滕静是我姐们儿。城子说，不对啊，那我怎么闻到了一股醋味？我说，滚蛋！那晚我们都很开心，一群人拥簇着滕静吹了蜡烛，唱生日歌，然后大吃大喝。

谁知晚上回到宿舍，我刚刚躺下，滕静突然给我打电话，让我下楼。她在电话里说，千万别让城子知道。我以为有什么事情，穿着拖鞋跑下去，看到滕静站在路灯下，手里提着一把琴。她看到我说，章南，你可下来了。我说，我都脱衣服了，有什么事不能明天说？她白我一眼，说，你能不能帮我把它还给城子？我低头看看，是城子送的吉他。她又说，城子这个礼物太贵重了。我不明白，说，一把吉他怎么就贵重了？她说，这是伊斯特曼的复古吉他，得一万多。我当时吓了一跳，感觉脑后被人拍了一下，立马精神起来。我摸了摸琴箱说，这把吉他这么贵？她有点着急，跺着脚说，没和你开玩笑。我说，这是假的吧？她把吉他放到我怀里说，你帮我还给他。我把吉他推给滕静说，我怎么还？这是人家送你的生日礼物。滕静说，那怎么办？我说，你别着急，我叫他下来。我没想到城子家那么有钱，连忙把他叫下宿舍楼。他一脸困惑，得知滕静是因为琴贵而推脱之后，挠了挠头说，其实没多少钱，你喜欢就好。最终滕静在我们的劝说下安了心，抱着吉他离开了。

我看向城子，像看着一个陌生人。我说，城子，这吉他是真的？他拍了拍我肩膀说，重要吗？我说，重要啊。他一边上楼一边问，怎么重要了？我抬头看他，正好看到他身后的月光，明亮而冷冽。我说，不是，那我生日的时候你为什么送双假乔丹呢？他一脸邪魅地说，那双是真的。

直到大一下学期的时候，我才知道城子家里是做建筑生意的，后来父亲又涉足房地产行业，赚了不少钱。城子之所以考入商学院，也是秉承父志，准备毕业后接手家里的产业。那会儿我才明白，他和高老师讨论那些问题，不仅仅是为了考试成绩，也是为了日后的事业。但他其实并不喜欢这个专业，他喜欢音乐。听他说起这些的时候已经是春天了，天气依然有些萧瑟，我们在养马岛上玩篝火晚会，同行的除了城子还有他的女朋友罗美宁。那是我第一次见到罗美宁，她长得很漂亮，身材高挑，容貌秀美，站在城子身边很是般配。那天城子破天荒为我们弹了一首歌曲，是老鹰乐队的《加州旅馆》。我透过火光看着他，忽然就想起了大一那年的新年晚会，他穿着一身黑色的礼服，昂首挺胸地走上舞台，然后在钢琴前落座，弹了一曲《卡农》，瞬间惊艳四座。如果不是团支书非要让我们宿舍在即将到来的新年晚会上出个节目，我也不会发现原来城子还有这样的才华。城子弹奏结束之后，朝台下深深一鞠躬。我听到旁边的两位女生悄悄议论，问他是哪个班的。晚会结束，我在后台的出口等城子，看到一群姑娘问他要联系方式。后来我们走在路上，经常有不认识的人叫他，他也微笑着回应。我说，你们认识？他说，不认识。我说，不认识你跟人打什么招呼？他看了看我，说，章南，你这是嫉妒啊！

但是没过多久，城子就和我们学院的校花走到了一起。开始我是从别人口中听说的，据说有人见到两人在食堂一起相互喂饭，我还有些不相信。晚上回到宿舍我问起城子，他竟然大方地承认了，说是和女朋友分手了。那时候我有点羡慕说，你小子，真行啊！他说，羡慕啊？我嘴硬说，这有什么好羡慕的？谁想没过几天，在我们公共课课间的时候，校花师姐突然闯进教室，点名要找城子。那时我才发现城子没来上课。等到晚上，我听说城子已经和师姐分手，换了比我们小一级的师妹。当时我们宿舍里的几个哥们儿愣在那里，惊讶了很久。等到城子回到宿舍，大家纷纷质问他到底怎么回事。城子一脸困惑，说，没怎么回事啊。我说，今天师姐来班里找你了。他愣了愣说，知道了。说完就脱下衣服倒头准备睡觉。我看他有些不对劲，凑上前问，城子，你没事儿吧？他说，没事儿啊。看到他那副毫不在乎的样子，我没好意思多问。

等到城子在两个月里换了三个女朋友的时候，我就留上了心，特意去外国语学院找到滕静，告诉她城子换女友的事情。滕静似乎有些不在乎，说，你告诉我这个干吗？我说，我是让你小心点，别被骗。她说，你是信不过我还是信不过城子？我说，你们两个我都信不过。滕静拍了拍我肩膀，说，你放心吧，我早就不喜欢城子了。说实话，滕静说不喜欢城子，我是不相信的，但是我也没办法。让我甚感欣慰的是，滕静没有落入城子的“魔掌”，无论城子怎么换女朋友，两人一直都是不错的朋友。我和滕静都想知道城子为什么会变成这样。谁想城子嘻嘻一笑说，人生苦短，好好享受。我见他不想说，也就没有再问。没过多久，对于城子不断更换女朋友这件事情，我们就都见怪不怪了。

后来我们的课少了，城子就开始去天堂酒吧弹钢琴。其实他去天堂酒吧纯属意外。那时我们宿舍四个人去海边玩沙滩足球，路上老于起了喝酒的念头，我们几个人一商量，就去了天堂酒吧。其实在黎山外的海关路上，四处都是酒吧，之所以选择天堂，是因为我们前一天刚刚看了电影《天堂电影院》。城子在门前看了看招牌，说，就这家吧。然后我们就进去了。那是我第一次进海关路的酒吧，觉得很新鲜。酒吧里没什么人，只有舞台的角落里有个人正在弹钢琴。城子一听就对我们说，这是肖邦的曲子。天堂酒吧的老板是个三十多岁的男人，身材瘦削，穿着一身花衬衫，脑后留了一个小辫，让人感觉很有文艺范儿。看到我们他扬了扬头，让我们随意坐。我环顾四周，见酒吧的墙壁上倒挂着一些别致的艺术品，在灯光的照耀下熠熠生辉。老于懂酒，给我们推荐一款帕格尼尼，说是口味绵柔，像初恋一般。当时我们几个人因为他的这个比喻笑了。等酒上来，我喝了一口，感觉有些酸，又有些甜，总之是说不上来的那种感觉，确实有点初恋的意思。我们一边喝酒一边说起学校里的事情。老于说等大四的时候他想去北京，见见世面。果然一年以后，他就去了北京。

那天我们聊的大半我都忘了，只记得后来大家喝得有些晕，老于觉得钢琴师弹的曲子不好听，非让城子露一手。开始城子没想去，但因为老于的一再起哄，让钢琴师听到了我们的对话，于是上前邀请城子斗琴。城子见推脱不过，就上台弹了一首曲子。我也不知道叫什么名，只是觉得很好听。后来城子告诉我，那是拉威尔的《水妖》。城子的琴声引得老板和服务员连连称赞。钢琴师的脸色一阵铁青，连连说了三句佩服。后来老板又给我们送了几瓶酒，问城子有没有兴趣来弹琴。城子说自己学校忙，不怎么有时间。老板说，我的钢琴师说了，从明天开始他就不来了，因为脸面掉了，捡不起来了。你看，你把我钢琴师弄走了，怎么也得有个说法吧？城子笑了，说，老板你开玩笑吧？老板说，我哪会开玩笑啊，我长得还不够严肃吗？我们都被老板逗乐了。后来城子告诉我们，其实是钢琴师向老板推荐了城子。他说城子的琴声里有股悲悯的感情。城子架不住老板的软磨硬泡，就答应了，说以后每周五下午过来。城子这一弹就是两年，还跟天堂酒吧的驻唱乐队成了朋友，演出的时候偶尔也去串个场。大三那年的迎新晚会上，城子请来了乐队和他一起表演披头士的*Hey Jude*（《嗨，裘德》），成为当天晚会的高潮。

其实回想我和城子的关系，能够成为朋友好像是命运的偶然。在大学里，城子的朋友很少，除了许诺，就是我们宿舍里几个人了。我记得许诺当时是设计学院的，爱打篮球。我在篮球场上见过他很多次，但是城子却不怎么喜欢篮球，没有事的时候，他就跑到海边闲逛，如果一连几天找不到人，那就是去陪女朋友了。每当黎城的夏天来临时，我和城子就会骑着摩托车在种满梧桐树的沿海大道闲逛。宿舍这六个人里，只有我们两个对那些清凉的海风、冲浪的人潮以及沿途叫卖的小贩感兴趣。大学四年里，我们两个人走遍了黎城的大街小巷。大四那年的秋天，我们沿着海岸线差点走到日照，看着一望无际的大海，我突然就爱上了这座城市。后来想想，我们之间的差别很大，性格也完全不同，之所以能够成为朋友，大概就是因为同在一个宿舍，相处时间多，因此感情深厚。大学毕业的时候，我们吃了散伙饭，大家都很伤心，后来十多个人一起又去“八度空间”唱了个通宵，走出来的时候，天已经亮了，谁也不说话，晃晃荡荡地朝着学校走去。路上的时候，城子突然从后面走上来，小声对我说，哥们儿，如果有一天这个地方能让我想起一个人，那一定是你。我看着他，拍了他的胳膊说，谢谢。

毕业之后，我听从家里安排进入了一家开发铝矿的国企，在基层锻炼一年之后转成副科长，每天坐在办公室里喝喝茶聊聊天，后来在母亲朋友的介绍下认识了现在的妻子，我们约会了五六次就在双方父母的许可下订了婚。一年以后我们结婚生子，过上了大多数人的生活，偶尔没事的时候，我会和城子打打电话，聊聊天。结婚之后，城子带着女朋友来过一次我们家，竟然是他的初恋女友美宁。那时候我才知道两个人又复合了，重新走到了一起。我由衷地替他们感到高兴。我们四个人还一起去了养马岛的海边野餐，那天我们都很开心，临走时城子跟我说，他准备要结婚了。我说，好啊，你结婚我准去。他笑了笑，但笑容里却有一丝苦涩的意味。当时我没有在意，只顾着让他给父母带些海鲜。上车以后，他摇下车窗，对我挥了挥手，说，再见，哥们儿。那是我最后一次见到他。

接到许诺电话的第二天，我跟单位领导请了假，去车站接许诺。他一点也没变，还是大学时候的模样，只是剪掉长发，穿着更加简单，整个人看起来干净利落，像电影里的那些白领一族。我看到他走出车站，连忙挥了挥手，快步上前说，许诺，好久不见。他看到我一愣，大概是没认出来，因为毕业后的这几年里我实在变了很多，脸盘变圆，肚子变大，体重从一百二变成了一百六，彻彻底底胖了一圈。许诺打量一下我，说，你胖了。我笑笑，摸摸肚子，有些不好意思，说，没办法，都是为了工作，走，我带你去八十二号院。八十二号院是我们大学时候常去的地方，黎城有名的老店面。老板是地地道道的黎城人，从父辈时开始就做海鲜，上世纪七十年代在南大街盘了一个小店面，逐渐成为现在市里有名的海鲜餐厅。许诺跟我上了车，看着外面的街道说，黎城还是没怎么变。我说，南大街这块还是老样子，但是黎山变化大。他说，你现在做什么工作？我说，在一家国企，瞎混，你呢？毕业以后也没联系。他说，我在北京，做设计。我说，北京，大城市。他笑笑不说话，只是望着外面的街道。我见他不开口，也没好意思提城子的事。

等我们到了地方，在靠窗的桌子旁坐下来，点了一些爱吃的菜，他才对我说，打扰你了，有些不好意思。我说，你别客气，城子他……是怎么回事？他说，城子不在了，警察调查过后说是自杀。我有点蒙，虽然早已有了心理准备，但真正听到这个消息时还是有些难受，说，自杀？他点了点头说，是。我说，什么时候的事情？他说，就是三天前，谁也没有想到……其实我找你是想了解一些城子的事情，想知道他为什么会自杀。

我没想到城子的死竟然还另有原因，脑海里再度浮现出他的样子，四年前学校门口的那场分别就像发生在昨天。我喝了口酒，半天才说，你想知道什么尽管问，我都告诉你。许诺点了点头，似乎在想什么。我从口袋里掏出烟，递给他一根。他摆摆手推辞说，我不抽烟。我说，那我抽一根。他点了点头。我打火点烟，叹了口气说，我和城子同岁，但我比他大。他是七月生的，我是三月，他是我们宿舍的老三。许诺嗯了一声，不说话，像是在回忆，半天他抬起头说，你知道我和城子的事情吗？我说，我知道，你们是发小。他说，我不是说这个，是说我们绝交的事情。我吃了一惊，说，你们两个怎么了？这下轮到他惊讶了。他说，你不知道我们两个人打架的事情？我摇摇头。我一直以为城子和许诺是最好的朋友，但没想到两人竟然还闹掰过。

大四那年有很长的一段时间确实没有见到许诺，我也曾经问过城子，他告诉我说许诺北漂去了。我从来没有想过两人会因为什么事情闹掰。许诺说，你知道何方圆吗？我说，不认识，干吗的？他皱了皱眉，显然对这个回答始料不及，说，你不知道何方圆？我仔细回忆了一下，真不认识这个人。我说，何方圆是谁？他说，城子没跟你提过吗？我摇了摇头，疑惑地看着许诺。许诺说，你让我越来越糊涂了，那城子有没有跟哪个女生走得比较近？就是大三大四那会儿。我咧了咧嘴说，许诺，你应该知道，城子这小子，跟哪个女生都可能走得很近。许诺摸了摸头说，城子没跟你提过何方圆？文学院的，长得很漂亮，站在人堆里一眼就能认出来。我想了想说，没有。他依然有些不死心，说，大四的时候，他谈过恋爱吗？我想了想说，大三他倒是换过不少女朋友，大四没怎么见。那会儿这小子改邪归正了。许诺说，那你对他的那些女朋友了解吗？我摇了摇头，说，不知道，他的女朋友，没有二十个也有十五个，哪能记得住啊。许诺点了点头，似乎有些失望。这时候，服务员给我们上了菜。我端起酒，对许诺说，这杯酒敬城子吧。许诺也端起了酒杯。我们抬了抬手，把酒倾倒在了地上。我在心里说，城子，我的兄弟，我们再喝一杯吧。随后我把酒倒满，和许诺喝了个酒，才招呼他说，动筷子吧。许诺嗯了一声，似乎有些不放心，说，章南，你好好想想，许诺真的没有跟你提过何方圆这个人吗？我想了想说，大三的时候，他交了一个女朋友，是我们学校的师妹，时间比较久，差不多有大半年。那段时间，我不记得他有其他的女朋友。许诺点了点头，没再说什么。我们关于城子的谈话就这样结束了。等吃完了饭，许诺向我讲述了他和城子打架的事情。我听得有些蒙，我说，许诺，城子不会对不起你的。许诺没有说话。我站起来，找老板结账。许诺非要跟我抢，但我还是把他按住了。我说，这里是黎城，我来。

走出八十二号院，我问许诺要不要带他回学校看看。他摇了摇头，说想要回家。然后告诉我，如果可以的话帮他打听一下何方圆这个人。我点了点头，然后拿出一百块钱说，许诺，回去以后帮我看看城子吧。他愣了一下，接过钱，拍了拍我的肩膀。

送走了许诺，我开车回家，路上一直想着城子死亡的事情，不知道他为什么会选择自杀。我给滕静打了个电话，问她知不知道何方圆这个人。结果滕静也不清楚。我只记得大四刚刚开始的时候，我曾经问起城子以后有什么打算，城子说想去北京，后来再问，他却对我们说，想回家了。

我回到家里，母亲正陪着柚子玩耍。母亲看了看我说，怎么这么早就回来了？我嗯了一声，躺在沙发上愣神。母亲说，你想什么呢？我说，没什么。后来我再回忆起那段时期的城子，才想起他和以前有什么不同：他从每两天洗一次头发变成了每天一次。按照我们以前的习惯，基本上是每两个月去一次超市。买回一瓶洗发水、一套发胶和定型液，这是城子原本的习惯，但是有次我看到他没有按照日期购买洗发水，而且提前了一个月，问起他时他却装作毫不在意地回答说用完了。事后想来，那时他的神情慌张，像是在故意掩饰什么。尽管他一直都穿戴整齐，看起来和往日没有什么不同，每周六的下午依旧喷上常用的古龙香水出门，但我觉得那些日子他应该没去酒吧演出。

我又给滕静打了个电话，她似乎正在忙，让我有话快说有屁快放。我说，小静，你有没有文学院的同学，打听个人。她说，谁？我说，何方圆。她说，知道了，有事，回头说。然后电话就挂掉了。

等到晚上，滕静来了我家，大大咧咧地坐下来，说，你找何方圆干吗？我说，认识吗？她说，问过了。挺有名的，上学的时候总是独来独往。我说，有她的联系方式吗？她说，毕业后，没有人知道她去了哪儿。我点了点头。她剥了个橘子说，怎么了，这女的跟你有关系啊，结了婚还想三想四的。我看了一眼老婆，见她正在抱着儿子玩，对我们的谈话毫不关心，说，你都快结婚了，能不能成熟一点？她说，我怎么不成熟了？我说，你还记得许诺吗？滕静想了想说，不认识。我说，城子的哥们儿。滕静一听城子就来了兴趣，问，城子还好吗？结婚的时候我得让他来当“伴娘”。我看了看她，她的眼睛里闪着一丝亮光，好像又回到了大学时光。我有些不忍心，但还是咬了咬牙说，城子去世了。那束光一下暗了下去。她说，你说什么？我说，城子死了，自杀。她说，你胡说。我说，是真的。滕静看着我，依然不相信。我说，今天上午他的哥们儿许诺来了黎城，亲口告诉我的。是六月十九号的事。滕静没说话，看了我好久，然后抱起抱枕，趴在上面哭了。

11 毛头

长大以后，我越来越相信命运。命运这东西，道不清说不明，好像早就把一切给规划好了，无论怎么挣扎，都无法逃脱。咱们就说城子的死吧，真是有点离奇古怪，谁也想不明白究竟怎么回事，事情就这么发生了，突如其来，猝不及防。从那以后很长的一段时间，城子之死就如噩梦般在我心头萦绕，让人难以释怀。

城子死后的第五天下午，许诺又来找过我一次。那是在台球厅靠窗的位置上，我正喝着啤酒看人打球。许诺走进来，站到我面前，问我能不能通过公安系统找个人，名字叫何方圆，陕西桐城人。我有点莫名其妙，问这人是谁。他说是个同学。我笑了笑，把啤酒递过去，问他喝不喝。许诺摆摆手，拒绝了。我倚靠着窗台，调侃说，这谁啊，老情人？他说，就是个朋友。我说，朋友都这么费心？他说，不开玩笑，这事挺重要。知道你毛头人脉广，帮帮忙。我点了点头，没再作弄他。前一天傍晚，我在街上乘凉时听说了他去黎城的事情，估计这个人就是一条线索。我告诉他现在警局不能随便查人，得挂案子，需要几天时间。他说，行，我就当你答应了，等你消息。说完就出了台球厅。

说起来，我怎么都没有想到城子会以这样的方式离开人世，而我也成了最后一个见到他的人。城子死的那天下午，我在台球厅前看文科哥他们打球，正好碰到城子骑着摩托车从门前穿过。我朝他喊了一声。城子在我面前一晃而过，到百脉饭庄前兜了一圈回来，停在了路边。他摘下头盔，甩了甩头问，怎么了？我抽了口烟，笑嘻嘻地说，来一局？城子摇了摇头说，没心情。说完他启动了摩托车准备离开，可刚想走时又熄火说，玩一局就玩一局。我说，对头，好久没打了，切磋切磋。他把车停在台球厅门口，放好头盔，走到球杆架前。他选杆选了很长时间，似乎总觉得不怎么对劲。我摆完球，走到他身后笑问，不顺手？不行你回家取杆，我等着你。他挑了一根球杆，在空中比画了一下说，凑合用吧。毛头，你家这杆真该换新了。我说，要不把你那两万多的球杆放我店里用用？他瞟了我一眼说，想得挺美，放心，就算用这杆我也能赢你。我说，吹吧你。他没说话，拿了一块巧粉磨了磨球杆，示意我开球。我笑了笑，稍微瞄了一下主球，一杆打了出去。

按照我们以前的战绩，基本上是五五分，谁也赢不了谁。那天打了半个多小时，我俩各赢两局。第五局他差点就赢了，后面几个球都是一杆收，看得我心里发慌，可没想到轮到黑八的时候他却失误了，让我反败为胜。其实那一球并不难，但不知道为什么，他好像有些心不在焉，以至于关键时刻错失良机。我拿起桌边的巧粉磨着球杆说，今天状态不对啊？他看了看街上，像是有什么期待，又像在躲避着什么，然后把球杆扔在桌上说，不玩了。我也放下球杆，笑着说，行，再赢你我都不好意思了。他转头盯着我说，今天是我让着你，你还真以为自己能赢？我朝他扬了扬头。他说，钱记在我账上，回头一起结。我应了一声。他面无表情，转身离开了台球厅。

我看着门框里的城子摇摇晃晃地走到摩托车前，午后的阳光把他的影子拉得很长，像孟官街上一道难以弥补的裂纹。城子戴上头盔，骗腿跨上了摩托车，望了望远处。那时的孟官街几乎没有人，一条笔直的道路伸向远处的高楼和田野之间。他踹了两下油门，发动车子，随后又加了三下油门。机车声就像嘹亮的号角，在空中蔓延开来，随即他就像一颗喷发的子弹朝前面冲了出去，沿着大街飞驰而去。

大概城子永远也不会知道，就在两天前，他刚好与死神擦肩而过。这件事情，要从三个多月前开始说起。那时城子的父亲黎鸿兵找到了我的表哥肖光，让他帮忙闹了一次百脉饭庄。黎鸿兵找了表哥以后，表哥并没有立即答应，而是来家里询问我父亲的意见。其实表哥对黎鸿兵这个人挺有意见的，很不待见。据说好几年前，我表哥在镇上还没有现如今这么大的影响力时，曾经被他父亲——也就是我的姑父——扭着耳朵提着两瓶白酒去见黎鸿兵，想让他带带表哥，给口饭吃。那时也是夏天，黎鸿兵坐在他的办公室里，吹着电风扇，一身的西装革履，也不见出汗，显得很有派头。相比之下，表哥则染着一头黄毛，穿着花衬衫和宽腿裤，像个没教养的小流氓。黎鸿兵看了看表哥问，想干这行吗？表哥没有说话。我姑父抢着说，想干想干。黎鸿兵看了表哥一眼说，光子，不会说话了？姑父见状，连忙给了表哥一脚。表哥差点被姑父踹翻，打了个踉跄才站稳，然后斜着眼睛说，跟你干能赚大钱吗？黎鸿兵哈哈大笑，说，当然能啊，但是你想赚大钱，就得看你的本事。表哥说，我就想赚大钱。这时候姑父又上前说，胡说，鸿兵，只要给口饭吃就行。说完就掏出一盒崭新的大红鸡，打开包装，抽出一根想给黎鸿兵点上。黎鸿兵看了看姑父手中的大红鸡，摆了摆手，从抽屉里拿出一盒拆封的中华，递给姑父说，来，大哥，你尝尝这个。姑父眼睛一亮，恭恭敬敬地取了一根烟说，活了这么久，还真没抽过中华。年少的表哥对姑父的卑躬屈膝有些看不惯，大声说，以我肖光的本事到哪儿吃不上一口饭？姑父一听，烟还没点，就又想伸脚踹表哥，但是表哥眼疾身快，一下给躲开了。黎鸿兵像是看热闹一般看着他们父子，忍不住笑了，连忙制止说，行了行了。肖大哥，光子都长大了，你这么动手也不合适。姑父把中华烟放到耳朵上，点头说，对，还是鸿兵说得对。黎鸿兵拍了拍桌上的文件说，这样吧，光子我留下了，先进工地，帮我扛活，一个月一千八，干得多挣得多，你觉得行吗光子？姑父一听黎鸿兵答应了，连忙点头说，行，行。谁想到表哥有自己的主意，没说话。黎鸿兵的眼睛很毒，看出了表哥还有想法，就问，怎么光子，不乐意啊？表哥歪着头说，一千八少了点吧，路边的烧烤摊还两千呢。姑父脸色苍白，拽了一下表哥说，怎么说话呢？黎鸿兵笑了说，光子，你别看现在少，以后多啊。表哥说，那行，叔，我问你个问题。黎鸿兵说，你说。表哥说，叔，你们这里挣钱最多的是多少？黎鸿兵说，不好说，四五千吧。表哥咂吧了一下嘴说，我觉得吧，少了点。姑父一听，火冒三丈，上前又想打表哥，但是被黎鸿兵拉住了。黎鸿兵说，要不这么着，光子，你再想想。姑父知道表哥在黎鸿兵面前丢了人，不好再说什么，只好拉着表哥走了。临走之前，黎鸿兵笑着对姑父说，肖大哥，光子以后是干大事儿的人啊！

也许正是那句话刺激了表哥，让他觉得黎鸿兵好像在嘲讽自己，多年来他都不断地告诫自己，早晚要干大事，让黎鸿兵刮目相看。

然而，多年以后，当表哥已经混成孟官镇上有名的社会大哥时，怎么也没想到，黎鸿兵会亲自找上门来，求他帮忙。据说是黎鸿兵让自己的秘书找的表哥，说在千禧龙大饭店里摆了宴席，请表哥赏脸吃顿饭。开始表哥并不想去，他还忘不了几年前那个夏天所遭受的屈辱，但是后来一想，既然对方盛情邀约，不去白不去。谁想到了包间，黎鸿兵什么也没提，只是热情地招待表哥吃饭，像多年不见的朋友一样。表哥大大咧咧地坐下，拿起筷子就吃。等两人吃得差不多了，表哥喝了口酒，抹了抹嘴说，叔，饭吃了，酒也喝了，有啥事你就说吧。黎鸿兵点点头，擦了擦嘴说，光子，我想来想去，这件事情也就你能帮忙了。表哥看着黎鸿兵，轻蔑地笑着说，在这孟官镇，还有鸿兵叔解决不了的事情？黎鸿兵说，有，所以才找你。表哥说，鸿兵叔太看得起我了。黎鸿兵笑着站起来，给表哥倒了一杯酒以示敬意，说，光子，只要事情办成了，钱不是问题。表哥冷冷地看着黎鸿兵说，鸿兵叔，我知道你有钱，可是你也知道，有些事情不是钱能解决的啊。黎鸿兵听出表哥话里有话，放下酒瓶，坐在椅子上，用刀子一样的眼神看着表哥。两人对视的时候，表哥突然露了怯，转头看着千禧龙大饭店窗外的大街，街角的报刊亭边站着几个少年，正在窃窃私语。过了一会儿，黎鸿兵打破沉默说，光子，叔是不是有哪儿对不住你的地方啊？表哥说，那倒没有。黎鸿兵说，那这件事情，你能不能干？表哥回过神来，说，能干。黎鸿兵拍了一下桌子，说，好，我就等你这句话，你开个价吧。表哥说，叔，我们的价可不太低。黎鸿兵说，你说来听听。表哥躺在椅背上，琢磨了半天，伸出两个指头说，二十万起。黎鸿兵说，行，光子，没问题。表哥又说，叔，话我还没说完。这二十万，是办事的钱。如果我的兄弟们有个天灾人祸啥的，出了事你得管。黎鸿兵看了表哥很长时间，说，我答应了，但是咱们说好，这件事情，你得给我办好。表哥说，叔，到底是啥事儿啊？黎鸿兵凑近桌子，低声说，百脉饭庄。表哥的眼睛亮了一下，说，百脉饭庄？黎鸿兵说，对，你应该也听说了。一年之前，百脉饭庄附近的地段拆迁，周围大多数人都签了拆迁合同，就剩下百脉饭庄了。我的要求就是，一个月内，想办法让百脉饭庄同意拆迁。表哥说，叔，百脉饭庄不是正东叔的地方吗？黎鸿兵说，是啊。表哥说，你们两个就没自己商量商量？黎鸿兵说，商量过了，所以才找你。表哥想了想说，叔，邻里街坊的，不太好吧？黎鸿兵冷笑一下说，光子，干你们这个的，还考虑邻里情义？表哥听了这话，有点生气，说，你这是啥意思？黎鸿兵说，没什么意思。光子，我就这么一个要求，你把事儿给我办了，钱好商量。表哥说，行，那我考虑考虑。黎鸿兵点点头，然后就站起来出门了。

黎鸿兵走后，表哥在包间里坐了很长时间。他不知道应该如何决断，才在傍晚时分来了我家。那时我和爸妈正在吃饭，我妈做的三菜一汤。看到表哥来了，就问他吃没吃饭。表哥说吃过了。我妈说，那喝点汤吧，银耳莲子汤。我妈去厨房给表哥盛了一碗。表哥喝完了汤，坐在沙发上，不声不响地看电视。我爸看他一眼，问，光子，有事儿？表哥说，没啥大事。我爸点了点头，继续吃饭。表哥看看我说，毛头，台球厅的生意怎么样？我没有说话。我爸踢了我一下说，你哥跟你说话呢。我嗯了一声说，还行，混口饭吃。表哥点了点头说，那挺好。我说，好什么啊，以后有啥事儿，我还得依仗你呢。表哥说，毛头，放心吧，以后有啥事儿，我给你摆平。我笑嘻嘻地说，行，表哥，你以后也收敛点，我就怕回头万一有事找不着你。表哥讪笑了一下。我爸用筷子敲敲碗，瞪了我一眼说，胡说什么呢？我打了个哈哈说，我就是给表哥提个醒。

其实我和表哥的关系一直不怎么好，因为从小到大他没少仗着年龄大欺负我。记得七八岁的时候吧，我们在爷爷家玩闹，好像为了争夺一块甜饼，他拿起铁锨就砸破了我的头。当时我也没觉得疼，就是流了很多血，倒把我姑姑吓坏了，连忙叫人用自行车把我送去了医院。我记得那天傍晚还下了雨，离开医院的时候因为没有雨衣，前来接我的父亲把一个白色塑料袋套在了我的头上。我看着雨水从塑料袋上流下来，整个世界像是水做的，所有的建筑和树木都变得弯弯曲曲，如同一条河流。额头受伤以后，我休养了将近一个月，错过了很多室外活动，只能窝在家里看书复习，度过了一段难熬的日子，从那时起我就记了表哥的仇。其实想想，我也挺小心眼的，但我这个人就是这样，有仇记仇，有恩报恩。当然这些不是重点，重点是长大以后，当表哥踏入社会组织的那一刻起，我就觉得我们两个人已经形同陌路。虽然我小时候也没少调皮，进过几次公安局，但是后来我才发现那会儿自己真不是东西，可谁也没想到表哥却走进了泥潭，而且越陷越深，所以我只好不断给他提醒，劝告他赚够了钱，就金盘洗手，但是他好像听不进去我的话，每次当我对他旁敲侧击的时候，他就把我当个孩子一般笑笑，依旧我行我素。

吃完饭后，我爸就把表哥叫到了他的书房。原本我也想进去听听，但被我爸推了出来。我只好趴在门边偷听，可什么也听不见，为此还被我妈责怪了两句。后来我才知道，两个人说的是百脉饭庄的事情。但那个时候，事情已经闹得很大了。我爸得知之后极为生气，说当初自己就劝过表哥不要掺和这件事情，可他偏偏不听。我说，对方开出了一个他无法拒绝的条件。我妈说，什么条件？我说，妈，这是电影里的一句台词，《教父》看过吗？我爸说，什么教父，乱七八糟的。我说，爸，到了现在这个地步，表哥已经很难脱身了。对上他有大哥，对下还有兄弟，难啊！我妈起身切了一个果盘，递给我们父子俩说，我看啊，你这个外甥，早晚得惹事。我爸叹了口气，没有说话。

表哥离开之后，差不多过了三四天，孟官街上发生了“百脉饭庄事件”。据说表哥带着十几个社会青年去了百脉饭庄，当时许正东还以为他们是来吃饭的，谁想到他们竟然堵在了门口，不仅拦住了前来吃饭的人，还吓跑了正在大堂用餐的顾客。许正东急匆匆跑出来说，光子，你们这是干吗？表哥笑着走到许正东面前说，对不住啊正东叔，今天哥儿几个是带着任务来的。许正东看看他说，什么任务？表哥说，正东叔，这个你心里清楚啊。许正东看了他好一会儿，才说，因为拆迁？表哥笑了笑没有说话，算是默认。许正东听了之后，也没有说话，转身回了饭庄。从那以后，几乎每天一早，表哥和他的十几个兄弟就如上班一样准时来到百脉饭庄，堵住门口，谁也不让进。据说他们还和正东叔发生过一次冲突。等到第四天，城子开车路过百脉饭庄，看到我的表哥肖光和十几个兄弟站在门前，正笑嘻嘻地聊天。那时候百脉饭庄已经没人去了，谁都知道表哥这群人惹不起。城子下车走到饭庄门前，被表哥的一个手下拦住了。城子打量了一下对方问，你们干吗的？表哥看到城子，走上前问他有什么事情。城子说要吃饭。表哥没有阻拦城子，把他让进了百脉饭庄。谁知等到城子出来的时候，两人一言不合差点动了手。表哥一把推开城子说，城子，你他×的别在这儿胡闹，这件事情，就是你爸让我干的。城子说，我爸？表哥歪了歪头，没有说话。城子愣了一下，转身走了。后来表哥接到黎鸿兵的电话，就带着十几个兄弟离开了，之后再也没有去过百脉饭庄。

因为百脉饭庄这件事，表哥和黎鸿兵结下了梁子。当初他带着一帮小弟堵到百脉饭庄，没想到会遭遇城子插手，当然也亏了城子，事情才没有闹到不可收拾的地步。但是让表哥没有想到是，等他去黎明公司找黎鸿兵要钱的时候，黎鸿兵只给了他十万块钱。表哥看了看支票说，叔，咱们不是说好一共二十万吗？黎鸿兵冷笑一下说，光子，说的二十万，是让你把这件事情给我办好，现在你看看，这事办好了吗？表哥急了，说，叔，当时要不是城子拦着我们，这事肯定没问题。黎鸿兵叹了口气，敲敲桌子说，就因为这件事情，我儿子都不认我了。表哥说，叔，那这件事情可不能怪我们。黎鸿兵说，我知道。表哥刚想说话，被黎鸿兵拦住了。他说，光子，这件事情，就这样吧！表哥见黎鸿兵是铁了心不想给钱，咬牙说，这件事情不能就这样。黎鸿兵没有理会，摆了摆手。表哥瞪了一眼黎鸿兵，随后拿着钱悻悻地离开了。虽然他拿走了那十万，但心里总觉得是城子坏了他的事，如果当初不是因为城子，这事情早成了。

所以表哥心才一横，说不管怎么样也不能轻饶了黎鸿兵。我爸知道之后就劝他说，光子，你别再惹事了，安稳一点。表哥不听，说，我得让黎鸿兵见点血。当时我听了心里就一惊，觉得表哥不像是开玩笑。我爸让我劝劝表哥。我说我和表哥说不到一处，再说我说了他也不听。后来一次酒宴上，表哥喝多了，对我们说他早已想好了办法，要让黎鸿兵掉块肉。当我们问他究竟想干什么的时候，他却不再说了。直到城子出事前的四五天，我去姑姑家做客时才听表嫂说，表哥从银行里取了一笔钱，给了一个叫贾贵的人。两天以后我在市医院找到贾贵，让他把事情交代一下。看面相对方是个老实人，他却跟我装傻，什么都不说。直到我说出了转账的钱数和他的家庭信息，他才紧张起来。我问他表哥到底让他干什么，他还是不吭声。我吓唬他说，我警局里有人，想要查你，很容易。贾贵犹豫了一下，支支吾吾地跟我说表哥想让他报复黎鸿兵。我说，怎么报复？他说，车祸。

这个想法还是贾贵想出来的。贾贵是表哥手下的一个狱友，几年前因为车祸逃逸而判刑，后来因为表现良好提前出狱。当表哥说起想要报复黎鸿兵的时候，贾贵立马就想到了这个办法。表哥听完很满意，黎鸿兵的行程虽然不好找，但是他知道黎鸿兵的儿子经常在龙山路上玩摩托车，这个事情就这样定了下来。我问他是让人伤还是让人死。他说让人伤。表哥没想杀人。我点了点头，想劝他放弃这个事情，说，你要再进去，可就出不来了。他说，没办法，我儿子需要钱。我说，你儿子怎么了？他说，白血病。他浑浊的眼睛里透着一种难以说清的光芒。我点了点头，没有再劝。我知道这种人，只要拿了钱，事情一定得办到。我说，你自己决定吧。他说，你会报警吗？我看了看他，咧嘴一笑说，你放心吧，肖光是我表哥，我不会害他。他点了点头。我说，你打算什么时候办这件事儿？他说，就这两天吧。我刚打算离开，想了想又回头说，虽然我和城子没有多少交情，但我也不会让你伤害他。

这两年来，城子在我们地方上是张扬了点，说实话我也不喜欢他。从小到大我们两个人就不对付。但不对付归不对付，我欠他一个情。高中那会儿，我跟着兄弟铜头去挣场面，一人提着一根铁棍。当时城子也在，我们打起架来的时候，谁也顾不上谁。混战之中，我打倒一个人，转头看到有个人朝我砍来，那时候我无处可躲，以为自己的小命要报销了，是城子一棍打晕了那人。我一直记得这件事情。说起来，这小子救过我的命。恩怨难消，想起这件事情，我就觉得，不管怎么说，总得帮他一次。所以我那天叫住他，是想告诉他这件事的，可一打起球，看到他那副谁也瞧不上的神情，我就有点犹豫了。打球的某个瞬间，我甚至邪恶地想，就得让这小子吃吃苦头，才能长点教训，所以直到他走出台球厅，那些话我也没有说出口。

城子骑车离开的时候，我突然觉得他就像个义无反顾的英雄，骑马提枪，朝着东边的高楼大厦杀去。我醒悟过来，叫了一声城子，但是他没听见，很快就转过了街角。我在门口愣了愣神，也不知道自己是对是错，然后就听到了文科哥问我，毛头，要不要来一局？

我回过头，看到台球厅里明明暗暗的灯光下，迷蒙的气息之中，人们寻欢作乐般哄闹。我晃了晃神，刚才的情形烟消云散，我为自己的晃神觉得可笑，于是上前和文科哥打了一局球。可我没想到还是出了事，晚上七点多，我让小武帮我看着台球厅，准备回家吃饭，走过红楼教堂时，正好看到慌里慌张的正东叔从里面跑出来，对我大喊，毛头，出事了，死人了！

我当时蒙了一下，就说，叔，你开玩笑呢？他顾不上解释，拉着我跑进了教堂。在院里的石雕旁，我看到了倒在地上的城子。开始我还以为是表哥找人下的手，送城子去医院的路上，几次想要找他都没有机会。等到把城子送到医院，我悄悄去卫生间给表哥打了个电话。表哥一阵诧异，没想到我会联系他，问我有什么事。我说，是不是你找人杀了城子？他蒙了一下说，什么？我说，是不是你找人杀了城子？他说，我？我又说，城子死了。他说，死了？我气得大叫，说，对，你把人给弄死了！他也糊涂了，试探着问，城子死了？我说，他在红楼教堂被人杀死了，是你杀了他！他也急了，说，放屁，这事跟我没关系！毛头，我还没找你呢，事情你不是给我拦住了吗？贾贵说你找过他，这事儿他不干了！我说，真的？他说，谁骗你谁是孙子！我这才明白，事情和表哥没有关系。我还是不放心，问他，这事真的和你没关系？他说，毛头，我跟你发誓，这事跟我没关系！我说，好，知道了。说完就挂了电话。

后来我才知道，城子被警方判定死于自杀。许诺来过以后，我立即去市局找了赵叔。赵叔和我爸是老同学，也是看着我长大的。我请他帮忙，他不会不答应。赵叔看见我说，你小子怎么来了？我笑嘻嘻地看了看赵叔的电脑，他正在玩斗地主。我说，您忙着呢。我看他桌上的茶杯空了，连忙给倒满了水。他笑眯眯地看着我说，你小子，准没好事。我说，叔您真是慧眼，什么事也瞒不过您。我确实有点事。他说，你是不是惹事儿了？我说，没有。他说，你店里出事儿了？我说，那也没有，就想让您帮忙查个人。他说，什么人？我说，一个朋友。他说，叫什么名？我说，何方圆。他说，咱们孟官好像没有姓何的啊。我说，不是孟官的，陕西的。他说，哪里的？我说，陕西。他愣了愣，看着我说，陕西省？我说，是。他瞪我一眼说，你这个范围有点大啊，全省找人，大海捞针，具体一点。我笑着说，叔，那我不知道了。他瞪我一眼说，有电话号码吗？我说，没有。他把刚刚端起的茶杯放下了，说，你逗我玩呢？什么都没有查个屁啊！我说，叔，这人对我很重要，您一定得帮忙。我连忙上前给他捏肩捶背。他说，行了行了。我想办法调给你。第二天赵叔就把何方圆的户籍信息调出来了，让我去取。我给赵叔送了一瓶红酒，但是他死活不收。我只好又把红酒拿了回来。到了店里，放下红酒，我给许诺打了个电话，告诉他何方圆的信息找到了。他对我说谢谢。

我笑了笑，恍惚间好像在店里看到城子打球的身影，仿佛一切都没有改变。

12

黎鸿兵

孟官街以北，汇泉街以南，绣水街以西，龙山街以东的这块区域，在市里的土地信息系统里编号为MG-317号地。317号地可以说是我们章丘位置最好的一块地，用老人们的话说，这里风水最佳，因为它东临龙山余脉，西北边就是百脉泉，是泉眼的所在之地。大概是三年前的五月份，市里打算对这片区域重新规划，打造城市综合体，想要拆掉大部分地上建筑，转而将他们安置在绣水街以东的区域。我得到消息的时候正在济南谈生意，当即返回孟官邀约了美宁的父亲罗卫民。那时候，罗卫民已经是我们市的国土资源局局长兼副市长了。罗卫民接到我的电话，很给面子，立马答应赴约。晚上的时候，我们两个人在千禧龙见了面。我特意点了一桌子山珍海味，还开了两瓶茅台。罗卫民走进包间，见了这场景说，鸿兵，大阵势啊。我笑着说，就是一顿家常便饭。他说，我们认识也不是一两天了，有话直说。我连忙把他让到上座，说，先吃饭。他笑了笑，说，行，那就边吃边说。我们动筷子之后，闲聊了两句。罗卫民又让我说事。我没有拐弯抹角，说，317号地，我想要。罗卫民笑了笑说，我看你是想要百脉饭庄吧。我说，罗市长，你说笑了。罗卫民说，我听人说，你想要这个地方很久了。几年前你进入房产行业，赚了不少钱，当时就想买下百脉饭庄，还特意约了许正东，没想到许正东不想卖。为了这件事情，你们两人还吵了一架。当时你指着他的鼻子说，无论如何，都会把百脉饭庄弄到手。我说的没错吧。

我没想到他对我的情况这么了解，说，没错。罗卫民点点头，说，鸿兵啊，我有点不明白，百脉饭庄那地方，你有什么好惦记的，难不成你想干餐饮？我笑笑说，我对餐饮没有一点兴趣。罗卫民抬了抬眼镜说，那我就有点不明白了。沉默半天，我只好告诉他，说，百脉饭庄这个地方，原本就是我们家的。

百脉饭庄以前叫黎公馆，原本就是我们黎家祖上的产业。我的曾祖父黎牧耕，曾经是宫里的御膳总管，后来因为八国联军打到北京城，他带着一身手艺回到家乡，用尽积蓄买下大户人家胡家的祖宅，将其改建成一家饭庄，前院吃食，后院住人，取名黎公馆。得益于他的辛苦经营，饭馆生意兴隆，财源广进，黎家在几十年里成了本地大族，人丁兴旺，才俊辈出。到了我的爷爷那一辈，黎家人已经由饭庄涉足到军工产业，谁想没过几年，新中国成立后，我们家被打成了资本家，黎公馆收归国有，成了县政府驻地，几年后又改建为国营饭庄，负责人正是许正东的父亲许业明。八十年代初期，许业明将饭庄变为私有，进行了修复，取名百脉饭庄。许业明死后，又把饭庄交到了儿子许正东手里。一九八〇年那会儿，我父亲在家里翻出了百脉饭庄的地契，见政策有所缓和，于是带着地契去了市里，找到当时负责接待的市政府申请归还，不想发生了意外，就在市政府门口，父亲和那里的人发生争执，一气之下心脏病复发，还没送到医院就死了。当时是我三叔带我去接的父亲，那天正好下了大雪，雪花飘落下来，把我们的头发都染白了。去了市政府，谁都说不清楚我父亲是怎么死的。那个时候，人家怎么会理会我一个平头老百姓呢，再问的时候他们就把我赶了出来。回来的路上，我对着父亲的遗体发了誓，不管用什么方式用多长时间，都要拿回百脉饭庄这个地方。

后来我见房地产有利可图，就承包工程，赚了点小钱，然后又投资买地，进入了房地产行业。前几年的时候，我觉得时机差不多了，就想把饭庄买回来。可是我先后找过许正东两次，他都没同意，他说这是父亲留给他的，不能在他手里毁了。我说，老许，我把饭庄买了，只要你想干，还给你干。许正东摇了摇头，无论怎么劝说，就是不同意卖掉百脉饭庄。后来我又找过他几次，都没谈拢。最后一次找他是在当年的清明，我又动了收购百脉饭庄的念头。我觉得以前我们没有谈好，可能是因为钱的原因，所以那天我让秘书提前准备了两百万元，整整齐齐放到一个箱子里，特意选择了下午去百脉饭庄。因为那个时候，饭庄里的人最少。走进饭店，许正东正在打扫卫生，看到我来了，连忙让了进来。我找了靠近柜台的一张桌子，把箱子放在脚边。许正东说，鸿兵，你应该不是来吃饭的吧？我看了他一眼说，老许，你怎么说话呢，上门都是客。他笑了笑，招呼大堂的服务员给我倒茶水。老许端着一个保温杯，坐到了我的对面，说，怎么，有事儿？我说，有事。他说，啥事？我说，还是那事。这时候服务员把茶水端上来，放到我的手边。老许摸了摸头，说，鸿兵，这事儿我跟你说过多少次了，真没得商量。我不等他说完，把箱子一下放在桌上，然后推到他面前，打开了。他看得目瞪口呆。我说，两百万，老许，咱们从小一起长大，给我个面子，行吗？他沉默半天，皱着眉头说，鸿兵，实话跟你说，我这辈子都没见过这么多钱。我说，你同意了？他说，鸿兵，你不是不知道，这个地方是我爹留下来的，临终的时候他特意嘱咐我，要留给小诺，我怎么能卖呢？我说，你是不是嫌钱少？他说，不是钱的问题。我说，那不就完了。小诺大学毕业以后，又不一定在家，拿着钱去济南给他买套房子，以后你们全家就是济南人了。他哼了一声，端起保温杯喝口水说，我啊，还是老老实实留在咱们孟官镇吧。我有点急了，说，老许，你是真不打算卖？他说，鸿兵，要是能卖我早卖给你了。我、我就怕等下去了，见了我爹，不好跟他交代。我点了点头，没有勉强。从小到大，我太熟悉许正东了，他认定的事情，谁也别想劝动。后来我又托小满的父亲找小诺母亲说和，都被他们拒绝了。从那个时候，我就知道，想要拿回百脉饭庄，正儿八经的交易，是行不通了。

于是我对罗卫民说，严格意义上来说，拿回百脉饭庄，算是我的一个家族梦。

罗卫民知道了其中的缘由，点了点头说，说，鸿兵啊，你知道的，政府出地，开发商拿地，都是要走流程的。我知道罗卫民的意思。我说，罗市长，咱们都是老交情了，有话您直说。罗卫民凑上前说，谁都知道政府有意把这块地划成城市综合区，是块肥肉，你想拿这块地，但是别的公司也想拿这块地，到底给谁呢，对不对？我不是不帮你，鸿兵啊，我跟你透个实底，想拿这块地，最好的方式就是和政府一起开发利用。你明白吧？我知道他是什么意思。我说，我明白，罗市长，这件事情，您多费费心。说完，我拿出一张银行卡，塞给了他。谁知他又把银行卡退了回来，说，鸿兵你这不是让我犯错误吗？我说，放心，这里没有多少钱，顶多能买几瓶酒。咱们也不是外人，这件事情请你多多费心。罗卫民靠在椅子上，拿根牙签剔了剔牙，看着我说，鸿兵跟你说实话，我帮谁都不能帮你。我愣了一下，讨好他说，罗市长，你这是哪来的话？他看着我说，我为什么这么说你不知道吗？我想了半天都没想出来哪里得罪过罗卫民，当时脑子一片空白，等着罗卫民提点，可是他依旧不说话，拿眼睛看着我。沉默半天，我说，罗市长，我脑子笨，我真想不起哪儿对不起您了。他冷笑一声说，鸿兵，你是揣着明白装糊涂，还是说你太忙了，连自己儿子都忘了。他这么一说，我才猛然想起来，是因为城子。

高中时候，城子和美宁偷偷地谈恋爱，还是小满的妈妈在街上看到了，才传到了芳苓的耳朵里。记得那段时间我正在忙一个工程，日夜不着家，当时还在工地忙着，就接到芳苓催我回家的电话。我赶回家里，才知道是城子早恋了。我问城子是不是真的。他说是。从小到大，这孩子就不知道撒谎。他承认之后，我就有点不知道说什么了。我说，女孩是谁？他说是隔壁班的一个女生。我说，你喜欢她什么？他说，她好看。我说，你这是早恋。他一副无所谓的样子，吊儿郎当地说，早恋怎么了？这下把我惹火了。我说，早恋怎么了？你才多大，你觉得对吗？他说，怎么就不对了？我突然发现这小子正在跟我抬杠，那时候工地上的工头还一直给我打电话。我起身说，我告诉你，不管怎么着，你们两个人必须分开，不然我饶不了你。他没有说话。我说你听到没有？他说，我就是喜欢她。我气得拍了桌子说，你小小年纪，知道什么是喜欢？他妈妈看到我们两个要吵起来，上来劝说，行了。城城，你现在还小，应该把心思放在学习上，知道吗？他说，这又不耽误学习。我说，不耽误学习？他说，不耽误。我说，你小小年纪，就搞些情情爱爱的，分明就是堕落。他说，怎么就是堕落了？我见他一副倔强的样子，气得把桌上的茶具给摔了。芳苓见势上来拉住了我。我说，城子，我告诉你，你必须跟那个女孩子分开，不然就别上学了。这时候工地那边又打来电话，我接通电话把他们骂了一顿。当时我气得头昏脑涨，只想离开，于是拿包准备出门。谁知道城子却用恳求的语气说，爸妈，我真喜欢她。当时我已经跨出了门口，突然就被他的语气触动了，想起了年轻时候我和芳苓偷偷摸摸在镇前的大路上约会的情形。我狠了狠心，没有说话，转身走了。那些天里，我们父子关系差到了极点，即使在饭桌上碰到了也不说话。后来我想这样也不是办法，于是又找城子谈了一次。起初他不想理会，但是我说，我就是想知道你为什么喜欢那个女孩。他愣了愣，然后才开口跟我讲述了两个人的故事。有一瞬间，我真的在儿子身上看到了年轻时的自己。城子讲完以后，我们两人沉默了很长一段时间，谁也不知道对方在想什么。看着城子的眉眼，我突然觉得，他已经长大了，有些事情，他该自己拿主意了。于是我说，城子，首先你得明白，早恋是不对的。但是你要真喜欢这个姑娘，咱们就君子协定，你可以谈恋爱，但不能耽误学习，而且高考报志愿的时候，不能报考你喜欢的音乐，你得学经商，以后接爸爸的班。这是我的条件。你要答应了，我允许你们接触，但前提是不准越界。他看了看我，又看看他妈妈，眼睛里冒出了一线光芒，说，爸，我愿意。他妈妈一听，有些着急，朝我使个眼色。其实我也有点后悔，没想到这小子竟然真的会为了爱情不顾一切。后来我对他妈妈说，这点，城城随你。当时我话已经说出了口，不能反悔，于是就打算先观察观察。后来我特意去了一趟他们学校，询问城子的学习情况。当时刚刚结束了一场模拟考，我给城子的班主任送了一箱茅台，谁知道老师对城子一直赞不绝口，说刚过去的考试，城子成绩没有下降，反而进步了不少。我听了很高兴，于是就对他早恋的这件事情睁一只眼闭一只眼了。从那以后，我们父子之间像达成了某种默契，只要他做得不是很过分，我也就不追究。

谁知道上大学以后，他竟然和美宁分手了。当时我原本以为两个人能像我和他妈妈一样，好好地谈场恋爱，直到结婚。等到二〇〇八年，城子大二，我在一次饭局上遇到了罗卫民。我上前跟他打招呼，以前的时候他都会笑眯眯地跟我开两句玩笑，谁知道那次他就是看了我一眼，一声不响地走了。当时我有些莫名其妙，觉得可能出了什么事儿。我追了上去，递了根烟，他没有接，就对我说了一句，鸿兵，看不出来，你养了一个好儿子啊。这话让我意识到是城子和美宁出了什么问题。我连忙给城子打电话，才知道两人分手了。当时我想两个人都是孩子，分就分了，但是怎么都没想到那天罗卫民会说起这件事情。我说，罗市长，我先替城子向美宁道个歉，回头我一定好好教训他。可这个事儿是孩子们自己的事情，咱们当父母的也不好管。罗卫民说，鸿兵啊，我跟你不一样。我就这么一个宝贝女儿，谁欺负了她，我这当爸爸的，就要替她讨回来。说完罗卫民起身从衣架上拿起衣服，转身走了。

百脉饭庄这件事情，我原以为看到了一丝希望，没想到变成了最大的阻碍。和罗卫民吃饭之后，我翻来覆去想了很久，第二天就坐车去了一趟黎城，在他们学校的食堂里见到了城子。我问他和美宁还有没有联系。他说，爸，我们早就不在一起了。我说，儿子，你告诉我，你喜不喜欢美宁？他说，不喜欢了。我说，美宁是不是很喜欢你？城子说，喜欢我的人多了。我说，如果说，如果啊，我让你和美宁在一起，你觉得你们能一起过日子吗？城子看着我，笑了。我说，你笑什么？他说，爸，这可是二十一世纪了，你还想包办婚姻啊。我说，你给我正经点，美宁哪里不好？高中的时候，你为了她，不是还跟我吵架吗？城子说，那是以前。怎么，她找你了？我说，没有，我看美宁那孩子不错，你考虑考虑。城子说，爸，你是让我考虑吗？我说，原则上，我尊重你的感情选择，但是我和你妈，都希望你能考虑美宁。城子说，如果我说不呢？我说，城子，这件事，就当爸求求你。城子说，爸，感情这种事，勉强不来吧？我说，我知道，爸就想让你尝试看看，对了，你现在有对象吗？他说，爸，你真是太不关心我了。我讪笑了一下。沉默半天，他说，爸，我就想知道，这件事情，你和她爸之间没有利益关系吧？我看着城子，心里有些慌，但这小子，还真让人不省心，我说，没有。

后来的半年里，我偶尔给城子打电话问起他感情上的事情，他都没有提起美宁，我觉得两个人可能没希望了。后来我又找了一趟罗卫民，代表城子向他道了个歉。我觉得孩子的事情归孩子，大人的事情归大人。我说，罗市长，317号地的事情，您帮着想想办法。他没怎么吭声，送的东西倒是收下了。没过几天，罗卫民让秘书给我打了个电话，邀请我吃饭。饭局上他跟我称赞起城子，我有些摸不着头脑，中途给城子打了个电话，才知道他和美宁又在一起了。我说，城子，这事儿你是认真的吗？城子说，认真的啊，前阵子你不是还撮合我们吗？我说，你和美宁在一起，是我的期望，但是感情的事情，还是得自己心中有数。他说，我知道。我说，城子，你真喜欢美宁吗？他说，爸，我们还是有感情的，你不会不同意吧？我很高兴，但还是说，你们的事情，你自己做主。挂了电话，我就有数了，回到包间继续吃饭，临走的时候罗卫民拍着我的肩膀说，317号地你不用操心，这事儿我想办法。没过多久，市里就发布了关于317号地的公告，交给了我们黎明集团。

然而，让人没想到的是，许正东怎么都不愿意迁走，他觉得这是父亲交给自己的遗产，说什么都不愿意搬走，拆迁办的人找了他很多次，都没能谈妥。这件事情我听说以后，又去找了一趟许正东，向他承诺百脉饭庄拆迁之后，我将在整个城市综合体建设中给他五百平方米的商铺使用权，只要他同意拆迁。许正东说，鸿兵，这么好的地方，你真想拆了？我说，拆不拆跟你没关系，老许，只要你签字就行。可是我也不知道当时许正东怎么回事，来了驴脾气，跟我说，鸿兵，你放心，这个字，我是坚决不会签的。我说，这样，拆迁补偿多少钱，我再给你多少钱，你看怎么样？他还是不同意。我被他气得不行，转身就走了。后来罗卫民让拆迁的总负责人找过许正东，也没能成功。眼见两年时间过去，我实在没办法了，就和罗卫民商量了一下，准备找肖光办这件事。当时罗卫民不太同意，觉得我这个想法太过冒险，行不通。我说，你放心吧，这事儿能办，只要百脉饭庄没了生意，他只能乖乖签字。其实我也知道通过肖光来解决这件事情不太妥当，但这是我拿回百脉饭庄的唯一机会。我跟肖光达成了协议。二十万，让许正东在拆迁协议上签字。但前提是不能伤人。

找过肖光之后，百脉饭庄的事情我觉得已基本没问题了，没想到还是出了事，而且还让城子牵扯其中。那天我正在公司和北京的建筑师团队商量土地规划的事，突然听到办公室外有人大吵大闹。我听到之后，示意秘书出去看看。秘书刚刚打开门，就见城子一脸怒气地冲了进来，把秘书吓了一跳。所有人都好奇地看着他。他双手叉腰地站在那里说，爸，我找你有事。他们又看向我。我打了个哈哈，说，这是我儿子。他们才宽心一笑。我说，你先去办公室等我。城子二话不说，掉头就出去了。秘书赶紧关上了门。会议被城子一闹，我就有点心神不宁，想着赶紧把会开完。开完会送走了北京的建筑师团队，我回到办公室，城子正坐在我的椅子上，双脚斜搭在桌上，来来回回转圈。我走进去说，你怎么来了？他看到我站起来说，是你让肖光去百脉饭庄的？我这才知道他是为了百脉饭庄来的。我拿起桌上的茶杯，倒了杯水说，怎么了？他说，百脉饭庄是正东叔的，你不知道？我说，我知道。他说，那你什么意思？我说，怎么，今天是来做说客的，还是来找我事的？公事归公事，私情是私情。他有些不太理解地说，爸，你也太冷血了。我转头盯着他。他又说，你知不知道肖光他们这些人差点把百脉饭庄给拆了？我说，拆了正好，那块地本来就是要拆迁的，是他许正东不签字。他说，爸，你也太霸道了吧？我没想到城子会对我冷嘲热讽，有点生气，说，你今天是来埋怨我的？他说，不管怎么说，正东叔跟我们是邻里街坊，你去找一群黑社会来对付他，太不讲情义了。我气得拍着桌子说，情义？你跟我讲情义？这是生意！城子也有点急了，说，那你也不该动用黑社会，大家低头不见抬头见的，以后还怎么见面？我说，我够对得起他了，当初我说了给他两百万，是他不同意！这事儿不用你教训我。他说，爸，正东叔签不签字是他的自由，你去找肖光，干的是人事儿吗？我没想到这小子竟然处处维护老许，当时我头脑一热，转手就给了他一个耳光。城子愣住了。我说，我是你爹，跟我说话客气点！他捂着脸，眼睛里露出恨意。我又说，百脉饭庄这个地方，我非拿不可。他说，你实在太无情了。我看到了他眼里的恨意，重复说，无情？他说，无情，在你眼里只有你的生意。我没想到自己儿子会这么看我，一时之间说不出话。他说，怪不得我妈会跟你离婚。一提到芳苓，我就有点难过，我说，你就这么看你爸爸？他说，你自己做的这些事，你不清楚吗？我看了他一眼，心里一阵悲哀，于是指着门说，滚！城子看了我一眼，二话不说就走了。我听到门咣当一声关上，突然觉得一阵难受。

那天晚上，我一个人去了公司楼下的面馆，要了一碗面、一盘凉菜和一瓶啤酒。面馆老黄看到我，笑着说，黎总，好久没来了。我点了点头，让老黄坐下说说话。老黄也有个儿子，好像正在上大学，每当暑假的时候，都能看到他儿子在面馆里帮忙，父子俩来来回回的，很让人羡慕。有时候我来这里吃顿饭，不是因为这里的面好吃，而是我觉得这里有人情味。很多时候一边吃面我就一边回想，如果我没有开这个公司，没有这么多钱，只是一个普普通通的工人，是不是城子也会像老黄的儿子这样跟父亲如此亲近呢？我不知道。后来吃完面，我跟老黄聊起了儿子。老黄说，黎总，孩子叛逆期很正常。我说，正常吗？他说，你们两个多沟通沟通，得让他知道你的难处。我觉得老黄说得有道理。吃完饭后，我回了家。芳苓看到我有点诧异，问我怎么回来了。我说，城子呢？她说，城城不在家。我说，去新家了？她说，应该是吧。我坐下来，芳苓给我倒了杯水。我想了半天，跟芳苓说了和城子吵架的事。芳苓叹了口气，说，有时间，你们父子多聊聊吧。

第二天，我去了城子新家。他看到是我，有点惊讶。我进门之后，看到房间里一片狼藉，好像前一晚还喝了酒。我看到这幅场景，就有点生气。我说，你自己住的地方，也不收拾一下？他说，没来得及。我坐下来，想要帮他收拾收拾，但还是放弃了。他说，你怎么来了？我说，找你聊聊。他躺在沙发上说，有什么好聊的。我说，你是不是觉得我这事做得不对？他直截了当地说，是。我说，那你知不知道，我为什么不惜一切想要得到百脉饭庄？他说，我知道。以前那地方是我们家的。我说，对。他说，那都过去几百年了，有必要吗？我见他这样，气得够呛，但还是压住怒气说，城子，你知不知道，你爷爷就是因为百脉饭庄而死的。他说，听你说过。我说，对。那年冬天，你爷爷带着房契去了市里，那时候，我正在钢铁厂上班。后来是你三爷跑来找我说你爷爷人不行了。我和你三爷搭了一辆拖拉机，到了市政府门口，你爷爷已经断气了，身子凉了半截。周围围了一圈人，但是没有一个人管他。我和你三爷只能把他拉了回来。后来我四处问人，想知道你爷爷到底是怎么死的，可人家倒好，大门一关，谁也不理。那个时候，我就对天发誓说，以后不管怎么样，我都要拿回百脉饭庄。你爷爷就是因为这事儿死的，你知道吗？城子慢慢收起了他懒散的坐姿，变得规矩起来。他说，爸，那都过去了。我说，在我心里，过不去。那天我们父子俩沉默了很长时间，窗外也没有声音。城子清了清嗓子说，爸，那这个事情，也不能怨正东叔吧。我说，是不怨他，可是想要收回百脉饭庄，就只能对不起他了。城子，有句话说，好人容易坏人难。你以为我不想当个好人，大家和和睦睦客客气气的？不能啊。谁让咱们姓黎呢？他说，爸，当初你想让我和美宁在一起，也是因为百脉饭庄吧？我看了看他，承认说，是。

那大概是我和城子最久的一次聊天了。没过多久，他就和美宁订了婚。那时候我以为是幸福生活的开始，可怎么也没想到，竟然是结束。城子死后，我和他妈妈整夜整夜地睡不着，好像一闭上眼，就能看到城子站在面前。我常常想起他六岁那年，我骑着自行车带他去市里看交流会。当时他很开心，跑啊跑的，我在后面心满意足地看着他，但是没想到一眨眼的工夫，他竟然跑丢了。当时我心里一下冷了，吓得满头大汗，到处找他。谁想到找到他的时候，他正在跟一个女孩子笑着玩跷跷板。看到我，他一下子笑了，叫我爸爸。我悬着的心一下子就落下来了，上去一把把他抱在怀里。城子死后的很多个夜晚，我和芳苓都睡不着，两人坐在沙发里彼此相依，突然间我就想起了那个场景，可是现在我们的儿子永远地把我们丢下了。

城子下葬之后，我们请小满他们几个孩子吃了顿饭。我总觉得看到他们，城子就像还活着。那天我喝多了，一遍又一遍地说起城子的事情。等他们离开以后，我好像又清醒了，于是和芳苓相互依偎着，一言一语地说起城子的往事，好像永远说不完。直到凌晨两点，我看到芳苓的泪都哭干了，就说，去睡吧。她还是一动不动。我想把她扶起来，可是她却狠狠地抓住我，说，我要陪着城城。当她说话的那一瞬间，我心就软了。我不知道，城子一个人在那个世界会好吗？他会碰到爷爷奶奶吗？我不知道。我们两个人就这样眼睁睁地熬了一夜，谁也不困。早上起身的时候，我的腿都麻了，差点摔倒。我说，芳苓，你想吃什么？她抬了抬眼，就这么看着我。半天，她说，你觉得城城在那边会好吗？我说会的，你放心吧。八点的时候，秘书打来电话，问我工作上的事情。我说，这些都交给鸿运吧。芳苓这才反应过来，问我是不是有事。我说，没事，我陪着你。她说，鸿兵，我太难受了，我宁愿死的人是我。我上前抱住了她，感觉她浑身在发抖。她说，城城太狠心了，就这么不要我们了。我没有说话。

五天后的下午，许诺和小满又来了家里，说想听听城子的事情。于是从城子的出生到去世，我回忆了很多事情，讲得很细，好像总担心把什么事情落下了，但是每当我讲完的时候，那件事情却像流星一样一闪而过。我突然发现，这些年来，我从未好好关心过城子，从未问过他喜欢什么，究竟想过什么样的生活。一直以来，我以为我给了他最好的生活，最后却发现其实我什么都没给他。第二天一早，我起床吃了饭，突然想去看看城子，于是我就去了他的坟前。他坟头上的土依旧新鲜，和其他土地区分开来。无尽的旷野中，有呼呼的风声穿过，似乎想要告诉你什么，我坐在坟前仔细听，又好像什么都没有。

13 许诺

拿到何方圆的户籍信息，我想了一夜，还是决定去一趟她的家乡桐城。小满建议我先打个电话，但是自从看到城子留存的那张照片，我的内心深处一直有个声音推动我前去寻找城子和何方圆之间的情感真相。我说既然已经有了线索，到了桐城再说也不迟。

从孟官到桐城，大概是三千多里路，需要先坐十个小时的火车到西安，然后再换乘汽车前往。美宁想要跟我一起去，我没同意。一来是不太方便，再者倘若事情另有隐情，我也不知道如何面对。母亲得知我想去西安，一口否决，说我这样做毫无意义，反而浪费时间。我说，妈，我就想把这件事情弄明白。母亲说，儿子，这个世界上有很多事情是没有根由的，你就算找到了这个姑娘，又能怎样呢？我说，我就想知道，当年她为什么选择了城子，城子和她又有什么关系。母亲叹了口气，说，这样城子能活过来吗？我说，不能。母亲说，这样能消除城子自杀所带来的影响吗？能让你芳苓姨不再难过，能让那些街坊不再议论纷纷吗？我想了想说，我不知道。母亲说，能消除痛苦的，只有时间。我知道母亲的意思，可我还是想找到何方圆，问问当年的事情。那天晚上我失眠了，总是梦到城子和何方圆的事，他们时而欢声笑语，时而痛哭流涕，时而缠绵悱恻，时而若即若离，无数影像像破碎的玻璃叠加起来，海浪一般朝我涌来，将我淹没和吞噬，最终又归于寂静。醒来时我感觉有些难过，坐在床上愣了半天神。母亲做好早饭，敲了敲门说，小诺，吃饭吧，吃完再走。

对于前往桐城这个决定，父亲既没有同意也没有反对，尽管他对鸿兵叔变相抢夺百脉饭庄的事情有所怨恨，但自从城子死后，这种怨恨却慢慢变成了同情，仿佛城子之死是上天对鸿兵叔的惩罚，而在他看来，这个惩罚又太重了。吃过早饭，小满已经等在了我家楼下，说要送我去车站。我把背包扔到后座，说，你不上班？小满笑笑说，事业单位，上不上班也没人知道。我点点头，上了车说，你小子真是舒服。小满说，混日子，有时候也无聊。我说，北京就不一样了，每天忙到一两点。小满看看我，说，这么累？回来吧。我说，想过回来，可回来又不知道能做什么。小满说，那还不简单，找个公司开个店面，或者考个老师或公务员，总能养活自己。我笑笑，没有答话。我在北京的这些年，其实不是没有想过回家，可是望着车窗外那些崭新的街道和陌生的树木，又觉得好像这里的一切早已离我而去，没有了任何联系。

小满送我到了车站，没有过多停留，只是让我有事及时联系。我挥挥手让他放心。就这样，我在炎热难耐的天气里踏上了前往桐城的火车，随身带的还有城子和何方圆的那张照片。我不知道两人究竟是在什么情形下拍的这张照片，或者说两人背后又有什么样的联系，一切都不可捉摸。

前往西安的火车是辆绿皮车，我坐在靠窗的位置，刚好能够看见外面的景色。挺拔的杨树沿着铁路一直伸向远方，背后是连绵起伏的群山，接入天地相交的地平线。我的对面是个六十多岁的老人，说是前往西安看望自己的女儿。上车以后，我们相互问候了一下，就没有再说话，直到火车到了徐州，上来一个拖着巨大行李箱的女孩和一个戴着耳机的男孩。两个人穿着都很像学生。女孩脸庞清秀，扎着马尾，上车就把一大袋零食放到了桌上。我看到那个食品袋里装着薯片、饼干和一些水果。女孩想把行李箱放到行李架上，但举了两次都没有举起来。我站起来说，我来吧。女孩笑了，说，谢谢你。行李箱有些重，我一只手差点没有提起来。把行李箱放到行李架上后，我喘了口气说，你东西不少啊。女孩笑了笑说，出远门嘛。坐下以后，我们彼此都沉默了一段时间，谁也没说话。正当我想闭目休息时，女孩热情地打开了话题，问我们都去哪儿。我说，我去西安。老人说，我也去西安。女孩说，你们一起的？我和老人齐声否认说，不是，不是。

男孩戴着耳机没有说话，直到发现我们几个人都在看他，他才摘下耳机，一脸疑惑地看着我们。我说，你去哪儿？他愣了愣说，郑州。我说，郑州？他说，是。女孩说，你们是去旅游吗？老人说，我去看女儿。我没有回答，看了她一眼问，你去哪儿啊？女孩说，我也去西安啊。我点了点头。她说，你是去西安玩吗？我说，不是，去找一个人。女孩笑了，说，哎哟，女朋友吧？我把胳膊放在窗边，看着外面倒退的田野说，不是，一个朋友。女孩撇了撇嘴，表示不信，然后拿起桌上的零食，给我们分发。她递给我一小袋巧克力豆。我摆了摆手，拒绝说，不用了。她硬塞到了我的手里说，没事吃着玩呗。

后来我知道女孩的名字叫姚瑶。她打算一路向西，先到西安，再奔青海。男孩名叫许强，在徐州的一家网络公司上班，算是假期回家。路上我们聊了一些旅行中的趣事。许强推荐我们去新疆，说他从小在伊犁长大，记忆最深刻的是中学时候在乌鲁木齐读书，每个周末的晚上回家时，都要经过一段段蜿蜒的山路，头顶上是漫天星光，如同一张五光十色的璀璨星网笼罩着整个大地。姚瑶听了很感兴趣，说以后一定要去看看。郑州过后，许强就下车了。我小睡了一会儿，醒来的时候见姚瑶正在看书，是萨冈的《你好，忧愁》。我说，这书好看吗？她收起书，笑了笑说，还行。我说，喜欢读书？她说，喜欢阅读的感觉。我说，阅读的感觉？她说，对啊，就像走进了一个宇宙。一书一世界，每当翻开一本书，就像坐着时空机器穿梭到了新世界。我想了想，觉得很有意思，就说，好像那句话说的，要么读书要么旅行。她点头说，对，在路上，就是这个意思。

下午四点半左右，火车到了西安。我感觉火车在一阵晃荡中突然停下，窗外那些广阔而壮丽的景色消失在逝去的时光里，随后车厢里开始热闹起来，旅人们背起各自的背包，提起各自的箱子，在闷热的空气中焦灼地冲向车外。我帮姚瑶取下行李箱，和老人挥手说再见，跟随人流下了车。走出车站的时候，我听到有人叫我的名字，转头看到姚瑶正朝我挥手，说，许诺！

我看着她，一脸不解。她把手放在嘴边做喇叭状，朝我大喊，希望我们有缘再见！

我朝她笑笑，突然觉得有些心酸，尽管不知道以后是否还能再见，我还是默默地对她说道，再见。

离开西安火车站，我随即就去了汽车站，买了前往桐城的车票。西安汽车站有些嘈杂，时不时有人操着一口西安普通话问你去哪儿，试图拉客。我朝他们摆摆手，直接上了前往桐城的车。从西安到桐城，差不多两个小时。我坐在座位上，从包里拿出城子和何方圆的合影，看着他们两人，不知道自己能不能见到何方圆，如果见到我又跟她说些什么？当汽车行驶在前往桐城的路上时，我突然感觉自己有种说不清楚的情绪，好像又特别害怕见到她。我就在这样一种期盼又担心的情绪中到了桐城。下车以后我问司机耀家坪怎么走。司机跟我说了一通，我没听懂。我有些尴尬，说，师傅，您能说普通话吗？司机又说了一遍，我大概听明白了，说是离桐城汽车站有点远，得坐公交车或者打车。我说，知道了，谢谢你师傅。走出汽车站，我直接叫了一辆出租车，告诉他去耀家坪。司机问我是不是外地来的。我说是。说完突然有些后悔，害怕遇到骗子。他说，二十。我说，什么？他说，去耀家坪二十块钱。我觉得价钱还算合适，点头答应了。路上司机问我是从哪儿来的。我说，山东。他说，山东大汉。我笑了笑，是。气氛瞬间活跃起来，他跟我讲起了秦朝的建立和大唐盛世，一脸自豪。当时我有种感觉，好像每个地方的出租车司机都是一个知识渊博的形象大使，不断对外省游客进行本省的文化输出。司机开着车一路奔驰，然后走街串巷，直行拐弯，来到一个略显荒凉的小区门口，说，到了。我说，师傅，这是耀家坪？他说，对。然后我就在茫然中下了车。

下车之后，我才发现耀家坪和我想象的有些不同，原本以为是个小镇，谁想却是城郊的一片区域。或许小镇早已消失，变成了耸立的楼房。我走到小区门口，向保安询问这里有没有住着一个叫何方圆的人。小区保安用警觉的眼神看着我，问我什么事。我说，我是来找人的。他说，那你打个电话。我说，没有电话。我就知道她住在这儿。他说，地方这么大，谁知道住在哪儿啊？我说，耀家坪锦阳街164号。保安说，锦阳街早没了。我说，怎么没了？保安说，拆了啊。

我突然觉得身体里好像有什么东西垮掉了。我站在门前，不知何去何从。小区对面是条宽阔的街道，但是少有行人。再前面好像是个废弃的工厂，工厂里乌漆墨黑，什么都看不清楚。我向前走了两步，又回去问保安说，师傅，您知道哪儿有旅馆吗？他指了一下说，你往北走，有一家。

我往北走了很长时间，才看到一个小旅馆。旅馆的招牌有些旧了，灯光一闪一闪的，显得有些诡异。走进旅馆，有个二十岁左右的姑娘正坐在那里嗑瓜子，听到有人敲门，抬头看了一眼说，住店啊？我说，对，住店。她说，标间一百五，押金五十。正在那个时候，小满给我打来电话，问我情况怎么样。那时候我突然有点泄气，说，人没找到。他说，没找到？我说，以前的地方变成了城区，找不到了。他说，不行就回来吧。我说，明天再问问，不行就回去。挂掉电话，我问前台姑娘了不了解耀家坪的事情。她说自己是外来的，不清楚。第二天我又去小区的物业问了一下，依然没有任何线索。

第二天我就返回了孟官。到家以后，父母问我怎么样，我说不怎么样。他们见我垂头丧气，大概也猜到了结果，于是没再多问。放下背包，我在小区的路上走了走，看着西边绚烂的晚霞，恍然觉得这里早已不再属于自己。晚上吃饭时，我告诉父母想回北京了。父母好像怎么都不理解，北京究竟有什么魔力让人这么着迷，为什么那么多的青年背井离乡，义无反顾前往那个孤独而冷漠的都市。父亲说，北京有什么好的，到处都是人。我说，爸，这就是北京的魅力。人生好比一次长跑，只要身在北京，你就比别人跑在了前面。父亲有些生气，又有些失落，说，你跑在前面又怎么样，谁都跑不过时间。母亲往我的碗里夹了一块鸡肉，说，以后你就打算留在北京了？我说，以后的事情以后再说呗。父亲又说，以后常去你鸿兵叔家里看看，你和城子是好朋友，现在城子没了，你得替他尽尽孝。我突然有点难过，点头说，知道了爸。

吃过晚饭，母亲在厨房里收拾东西。我和父亲坐在沙发上看电视，谁也不说话。后来父亲起身说，小诺，下去走走吧。我抬头看他一眼，跟了上去。自从上大学之后，我和父亲已经很久没有并肩散步了。他矮了很多，也瘦了很多。我们两个人下了楼，在小区公园里逛了一圈。起初谁也不说话，就是闷头走。路灯把我们两个的影子拉得很长，父亲打破沉默说，小诺，你也不小了，以后怎么打算的？我没想到父亲会这么问，神情有一丝慌张，说，什么打算？他说，就想这么一直在北京？我嗯了一声说，想先在北京工作两年，以后再回来。他说，回哪儿？我说，不知道，反正不想回孟官了。他点了点头说，一个人在外面，生活好吗？我说，爸，放心，挺好的。我们两个人又没了话，开始沉默起来。走了一会儿，我想起百脉饭庄的事情，说，爸，饭庄的事儿怎么样了？他说，饭庄的事，你就别操心了。就算不干了，我和你妈也饿不死。我说，爸，这也不能怪鸿兵叔。他看了我一眼。我又说，我是觉得，这件事情谁都没有错。他点了点头说，是，这件事情谁也怪不着。百脉饭庄的归属原本就有一部分历史原因，再说，鸿兵找我买百脉饭庄，也是谈了价钱，还看在从小一起长大的份儿上，多给了几十万，但我就是不想卖。我说，爸，你恨鸿兵叔吗？他说，恨？为什么恨他，百脉饭庄其实就是他的一块心病。说句实话，就算如今把百脉饭庄给了他，他也不一定能经营好，我就是觉得白白费了你爷爷的一片心血。我点了点头。父亲又说，以前你爷爷老惦记着，你说要给他建造一座许公馆，还记得吗？我说，是吗？父亲看看我，笑了一下，说，应该是吧。后来我们又不说话了。回家的时候父亲突然说，小诺，一个人在外面照顾好自己。我鼻子一酸，差点掉泪，说，知道了。

其实他们不知道，我之所以远离家乡，不是因为喜欢北京，而是回到故土，发现这里已经没有了容纳自己的一席之地。或许自当年离开孟官踏上前往黎城的列车伊始，一切就已经注定，因为没有什么是不会被时间所改变和吞噬的，世事变迁，停留在记忆里的孟官镇早已成为过去，让人难以相认。曾经我还天真地以为，只要走进孟官这片土地，时光之门就会重新开启，然而这次回来，才发现我十八岁以前留在孟官的痕迹已经在不知不觉中消磨殆尽。

第二天下午我就回了北京，是小满送我去的车站。临别前他让我没事常回家，我跟他摆了摆手，转身就进站了。回到北京以后，很长一段时间里，我都沉浸在失去城子的悲伤之中。从四年前踏上离开黎城的火车开始，我对城子的怨恨一直萦绕心间，如今却发现心里存留更多的竟是愧疚。城子的死亡让我明白了这些年来自己执意留在北京，不是因为怨恨，而是因为嫉妒。正是从小到大对城子的嫉妒，才使我想以立足北京的方式证明自己，但是这一切又都在城子死后，变得毫无意义。

此后的日子，我一直想尽办法寻找何方圆，无论是在网上发布启事还是委托朋友打听，都没有她的消息。何方圆就像消失了一般，仿佛从未存在过。我曾经在空闲的时候无数次端详那张照片，想象两人背后的故事，但是总看不清楚，就像雾里看花，朦朦胧胧。中秋假期的时候，我再次去了西安。我也不知道为什么总要去西安，好像期盼着能在那个城市的街上遇到何方圆。后来我又去了三次，每次都住在同一家青年旅馆。旅馆的老板是个五十多岁的太太，据说年轻时候和丈夫开了这家旅馆，后来女儿把它改造成了青年旅舍，专门接待年轻旅客。一来二去，她就认识我了。闲暇时候，她问我总来西安是不是有什么事情。我说是，来找一个人。她点了点头，暗黄色的眼睛仿佛洞悉了一切。她说，这个人对你很重要吧？我说，嗯。她说，孩子，希望你早点找到她。我说，谢谢阿姨。其实我也不知道什么时候才能找到何方圆。那天傍晚我又去西安城的城墙上走了走，吹来的风好像夹杂着盛唐的气息，让人恍若隔世。我望着华灯初上的城市，突然心生绝望，觉得世界太大，有些人总是来不及告别就离开了。缘起缘灭，都是人生，对于寻找何方圆这件事情，只能随缘了。走下城墙，我决定离开西安，于是提前退了房间。老太太还以为我已经找到了人，临走之前，拉着我的手，说让我有时间再来。我安慰她说，阿姨，以后再来看您。但是后来，我再也没有去过西安。

两三个月后，母亲打来电话，说朋友陈阿姨给我介绍了一个女孩，也是我们孟官人，在北京工作，长相标致性格温婉，是个难得的好姑娘，还表示自己已经看过照片，喜欢得不行，让我好好把握。我应承了母亲，但随即就忘到了脑后，直到两天以后她追问的时候我才想起和姑娘联系。女孩的名字叫宋琪，在银行做理财顾问。上学的时候她比我们小两级，后来大学考到北京，然后就留下了。我们一起追忆了高中时代重叠的那段时光，发现很多事情虽然模糊不清，但一经提起却又无比鲜活，比如那年秋天的夜袭事件：曾经有人趁着夜色钻进女生宿舍，被全校保安围追堵截，最后发现竟然是教导主任，事后虽然学校一再掩盖，依旧成了学生们口中乐此不疲的笑料。

一周以后，我们在蓝色港湾的星巴克见了面。是宋琪主动邀约的，她对我说，聊了这么久都没见面，我请你喝杯咖啡吧。我觉得一阵愧疚，回应道，应该是我请你。见面那天，我特意打扮了一番，梳起头发，换了新衣，提前半小时到了星巴克。冬天已经悄然而至，广场上的喷泉前人来人往，鸟儿被吓得无处藏身。几个女人追在跌跌撞撞的孩子身后，仿佛暗示了她们此后的人生命运。卖气球的老人昂首挺胸，来回晃荡，像个享受着众人赞誉的马戏团演员。走在路上，我想象着他们的人生，随后就看到了身穿褐色大衣的宋琪。我一直看着她走过来，然后才挥了挥手，说，你好。宋琪笑了笑，没有说话。我们并肩走进星巴克，点了两杯抹茶拿铁。宋琪长得很清秀，话也不多，喝咖啡的时候习惯用手抱着杯子，显得安静又乖巧。我看看她，说，没想到在北京还能碰到学妹。宋琪说，是啊，好巧。我说，你平时有什么爱好？宋琪歪着头想了半天，不好意思地笑了，说，我挺宅的，你呢？

我沉默半晌，随后对她说起自己在北京的生活，像是梦中的一场欢宴，充满了迷离的味道。我说起了帽儿胡同的宁静午后，也说起了景山山顶的落日黄昏；说起了团结湖公园的澄澈晨光，也说起了鼓楼大街的瓢泼大雨；说起了国贸傍晚时分的人山人海，也说起了地铁站里转身而别的朋友……说完的时候，天色已晚。宋琪安静地听着，像在听一个老朋友讲述他们分别以后的生活。我看了看时间，有些不好意思，说，对不起，说了这么多。这么晚了，我请你吃饭吧。宋琪摆了摆手，笑着说，不用，晚上我有节手工课，逃不掉。我说，那我送送你。我们起身，一起出了门。当时我觉得女孩可能对我没意思，想着把人送走，也算完成了任务。等过了马路，宋琪突然说，你记不记得高中那会儿，有一年秋季运动会，你是志愿者，两个女孩因为买零食被你拦在了操场外面，当时你非要看她们的运动号牌，害得其中一个女孩差点耽误了比赛，后来你们又碰到了，女孩没能拿到名次，正蹲在角落里独自伤心，你上前跟她说了一句话，反而把她弄哭了，然后你就把手里的水留给了她。那个女孩就是我。

我一时无语，努力回忆高中生活，好像有这么回事，又好像没有。

宋琪看看我，又说，你大概不记得了。明天下午五点半，如果你有时间，我们就一起吃饭。

后来我才鼓起勇气问宋琪，运动会那天我究竟说了什么惹她哭了。她没有告诉我，只是说因为那句话，就记住了你这个人。

从那以后，我们又见了几次，随后就在一起了，也没有什么正式表白，好像彼此认定了一样。

第二年的九月，宋琪想要前往西安旅游，我给她做了一份详细的旅游规划。她看了后觉得十分诧异。我告诉她，其实我已经去过西安多次，随后给她讲了城子的故事。那天晚上，我们两个人坐在家里的阳台上，一边喝酒一边欣赏着窗外的风景。听完之后，她问我说，那个女孩叫什么啊？我说，何方圆。她大声说，何方圆？我说，怎么，你认识啊？她瞪了瞪眼，从手机里翻出一张婚纱照，拿到我面前说，是这个人吗？我看着照片，一时呆住，里面的那个新娘子正是我苦苦找了一年的何方圆，但是新郎我并不认识。我夺过手机，又仔细看了看，说，你怎么认识她的，她在哪儿？宋琪说，这个男生叫余生，是我大学师哥，他的妻子，就叫何方圆。

我找到何方圆的时候，城子已经离开了一年零两个月。我没想到她会留在黎城，还以为她要么远走要么回家。然而，即使留在黎城，她也断绝了曾经的朋友关系，开始了一段新的生活。去往黎城的路上我给她的丈夫余生打了个电话，约他在百货大楼附近的八月咖啡馆见面。我原本想直接去见何方圆的，毕竟是询问曾经的感情往事，但宋琪却一脸担忧地说，我觉得你还是先见见我师哥吧。黎城的秋天肃穆冷清，大海的拍浪声在这座城市隐隐回荡。时隔一年，我又回到了黎城，当再次站在它的怀抱里，不知怎么就想起了七年之前，和城子第一次来到这个城市时的情形。

六点时分，我开始盯着窗外，试图从骚动的人群中分辨出余生的身影。大海像一块湖蓝色的绸缎，平展在天地之间。十字路口的梧桐树下走过一个妆容精致、手提挎包的女人，那一瞬间我突然觉得她很像何方圆，于是看着她消失在一辆黄色公共汽车后面，又出现在一家雅致的金店门前。我焦急地用目光追随她的身影，穿过金店门前吵架的情侣，穿过街角摆满杂志的报刊亭，穿过公交站牌前等待的人群，直到听见一个男声问我，你好，是许诺吗？

我慌忙站起来回应说，你好，是我。余生人长得不高，有些胖，给人的印象很爱干净。宋琪告诉过我，他的师哥是心理学专业的，后来在黎城开了一家心理诊所。因为没有见到何方圆，我有些不好意思告诉他我的真实目的，然而他却开门见山地问我，请问你找何方圆有什么事情？我说，我们是同学，想找她问点事情。他说，现在她不太方便。我说，怎么了？余生盯着我看了很久，让我有些不自在。我说，怎么了？他说，你还不知道方圆生病的事情吧？我说，我们已经好几年没有联系了。他点了点头说，你认识城子吗？这下轮到我愣住了。我说，城子？他说，对。我说，我就是因为城子来的。他有些惊讶，很快就镇定下来，然后一言不发，似乎在犹豫该从哪儿开始讲起。半天他才告诉我说，何方圆的精神状态不是很好，很多人都不认识了，只记得城子。余生说他认识何方圆的时候，何方圆已经患有严重的心理疾病，后来又受到刺激，意识时好时坏。从那之后，她的记忆就混乱了，大多数时候只剩下城子，对某些人的记忆也重叠在了城子身上，为了治好何方圆，余生想尽了各种方法。大概一年多以前，余生通过网络找到了城子，希望城子能够帮助何方圆走出来，但让余生没想到的是，城子来过两次之后，就再也联系不上了。我没想到背后还有这样的事情，一阵唏嘘，说，城子来看过何方圆？他说，看过。我说，那他怎么说？余生想了想说，他也想治好方圆，还跟我商量去北京。其实能想到的办法我都想了。得知方圆可能一生都没办法好转，他情绪挺低落的，回家路上也没怎么说话。我沉吟半晌，告诉他说，城子在一年前就死了。他惊讶地看着我说，死、死了？我说，是，自杀。

我是在黎城的一家疗养院里见到何方圆的。她的头发剪短了，也更瘦了，穿着一身病号服，神情有些愣愣的，有人和她说话，她也爱搭不理。我走过去叫她，方圆？她抬起头来看我，似乎想了很久，然后轻轻一笑，说，许诺。我没想到她还能认出我，说，方圆，好久不见。她颤颤巍巍地站起来。余生连忙跑过去搀扶。她似乎有些嫌弃他，把他伸过去的双手打开了，说，你别碰我。然后走上前，拉住我问，许诺，城子呢？听到她问城子我突然感觉一阵难过，也不知道是因为她还是因为她只记得城子。余生连忙朝我使了个眼色。我说，方圆，城子他……他没来。她皱了皱眉说，去哪儿了？我说，他工作忙，说下次来看你。她有些失落，变得很不高兴。

我说，方圆，你还好吗？

她说，好啊。然后看着我，眼睛里像是蒙了一层雾气，又问，许诺，城子呢？

我看了余生一眼，他给了我一个无尽的苦笑。

何方圆看向他说，你是谁啊？

余生笑笑，摸摸她的头说，我是你的看护啊。她歪了歪头，躲开说，我才不需要什么看护。说完就笑了，脸上的笑容纯粹得像个孩子，又问，那我的老公呢？

余生温柔地说，他工作忙，说明天再来看你。

何方圆说，你骗我，我和城子说好了，今天下午要一起去苏州。

14

何方圆

我看到海水在翻涌，城市在折叠，楼宇和树木相互交叉成为不规则的菱形和长方形，一座飞鸟和鱼的雕像旁边，城子正朝我走来。他眉清目秀，笑容温暖，穿着一件长款的黑色风衣，站到我面前说，姑娘，我们是不是在哪里见过？我们在哪里见过？我不知道。飞鸟和鱼的雕像好像反转过来了，变成了波状的海浪。我说，我不认识你。他笑了笑，一直跟着我走。他问我说，你是去海边吗？我听到海浪声越来越近，城市不停地晃动。我转头说，关你屁事。他显然被我的话吓到了，说，对不起，我就是想认识认识你。我没有理会，继续往前走。他跟在我的身后，不说话。我转过头，看到那座雕像变小了。我想了想，说，你经常来这里吗？他的脸上浮现出笑容，就像那天午后的阳光，说，当然，我知道哪里的沙子最柔软。说完他就拉着我往前走。我觉得自己浑身没有力气，像是一只脱线的风筝，任由他拉着，向大海走去。

海面风平浪静，倒映着西边的晚霞，就像一块华丽的绸缎。他回过头来，指着大海说，你看，那里有一艘船。我看到了那艘船，很小，几乎看不见。我们往前走了几步，他突然转身拉住我说，方圆，我们结婚吧。我愣住了，看着他说，余生，你是认真的吗？他说，是的。我们已经认识一年多了，我了解你，也了解你的情况，我想照顾你。我没有说话。他又说，我知道你心里放不下他，但是没关系，我会帮你一起找他。我往前走了两步，张开胳膊，任由海风吹来。我想了一会儿，转过身子对他说，余生，我不等他了。我们结婚。他的表情有些惊愕，跑上来拉住我，说，方圆，你说什么？我说，我们结婚。他很高兴，拉着我在沙滩上跑。跑得我们两只鞋里都灌满了沙子。他脱掉了鞋，沙子像水流一样倾泻下去。我也脱掉鞋，跟着他一步步地走。他回头看看我，饶有兴趣地说，你戴了一块红珊瑚。我看他一眼，又看看我脖子上的红珊瑚项链，说，是，红珊瑚。他说，红色黄金。我说，什么？他大声说，红珊瑚被人称为红色黄金。我说，你还挺有研究。他笑了，有点得意，说，红珊瑚，又叫鸡血石，佛家说的七宝之一。印第安土著和中国藏族等游牧民族对它格外喜欢，常常当作护身符。我说。哦。他说，适合你，很漂亮。

我们在沙子里走了一段路，登上了一块礁石，又来到一片沙滩。他说，到了。我在沙子里走了走，感觉很柔软，像有某种小动物轻轻地啃噬着脚。他说，怎么样？我说，很舒服。说完我躺下来，看着天空大朵大朵的云彩在眼前飘过。他说，每当我不开心的时候，就会来这里踩踩沙子，看看大海。我坐起来说，谁说我不开心了？他坐下来，看着不断冲上来的海浪说，你的心情都写在脸上了。我冷着脸说，是吗？他说，是的。我说，你很懂女孩子的心思咯？他歪了歪头，算是默认。我沉默了一阵说，你也是来看海的？他说，不是，我在附近的一家酒吧弹琴。我说，弹琴？他说，对。然后就躺了下来，也看着天。我说，你今天弹的什么曲子？他说，《爱之梦》。我说，李斯特。他听了很高兴，看看我说，你了解音乐？我说，了解一点。这时候海浪冲上来，差点把我们吞没。他一下跳起来，拉起我，往后退了几步。我说，你是学音乐的？他说，你猜。我没有说话。他看了我一眼，说，如果你不开心，可以讲讲你的故事。我突然觉得心里一阵刺痛，半天才说，我没有故事。他说，那我讲讲我的故事。我抓起一把沙子扔回海里，说，你说吧。他说，我的故事很长，得慢慢说。我看他一眼，见他脸上浮动着夕阳。他又说，我知道附近有家不错的咖啡馆，要不要一起喝点东西？我看看大海，大海依然在翻涌。他拉了拉我说，走吧。于是我提起鞋子，被他拽着走上礁石，穿过海滩。

那是一家安静的咖啡馆，坐着寥寥几人，像海边的雕像般一动不动。咖啡馆的墙壁上挂满了画像，有金黄色的麦浪和血红色的晨曦。城子帮我点好了咖啡。我说，你是学生吗？他说，对，你呢？让我猜猜。我没有说话。他盯着我看了一会儿，眼睛里仿佛装满了海水。我有些不好意思，转头看着别处。他说，你也是学生吧？我对他笑了笑。他很高兴，说，看来我猜对了。又说，你是哪个学校的？我突然觉得一阵冷意袭来，看到城子笑着走向我，然后把我按倒在工作室的沙发上。他见我没有说话，就说，黎大的？我回过神，打断他说，别猜了。他看看我，好像有些奇怪，说，好，我不问学校，问问哪个专业总可以吧？看你气质，像是艺术生。我说，我什么气质？他说，有点冷艳，有点高贵。我说，我不高贵，也不冷艳。他摸摸头，说，除了音乐，你还有什么喜好吗？电影、美术还是文学？我想了想说，电影和文学，了解一点。我把头转过去，看到窗外有人来来回回走动，从一栋建筑走到另一栋建筑，然后消失了。这时候，服务员给我们端来咖啡。他说，那你真是艺术生了？我说，你是什么专业的？他说，我在商学院。我说，哦，还以为你是音乐生。他说，我喜欢钢琴，但是我爸不让读，说没前途。我笑了笑。他又说，你究竟是不是艺术生？我说，不是，汉语言文学。他说，中文系。我说，对。他说，我读过《麦田里的守望者》。我说，大卫·塞林格。他说，是的。还读过一本书，叫《百年孤独》，总是读不下去，里面的人名也记不住，作者好像叫什么马克斯。我说，马尔克斯。他说，是这个名字。我说，你应该好好读一读。他说，有时间我再找出来看看。我说，你很喜欢读书吗？他说，没有，看着玩呗。主要是受我妈妈的影响。她挺喜欢读书的。我说，哦。他说，我妈妈年轻时是个文艺女青年，家里的书橱上总放着博尔赫斯、加缪和伍尔夫这些人的书。我说，你都看过吗？他说，没有，我喜欢推理小说。我说，阿加莎·克里斯蒂吗？他说，对，《东方快车谋杀案》。

我们沉默了一阵子。有人离开了，又有人进来了。他喝了一口咖啡说，你喜欢电影吗？我说，喜欢。电影延长了人类三倍的生命。他笑起来。咖啡馆里的光线都开始流动了，像是一段光的河湾。他说，杨德昌的《一一》。我说，是。他说，你有没有看过一部电影，叫《爱在日落黄昏前》，讲两个人在车上遇见，然后谈恋爱的故事。我说，看过。导演是理查德·林克莱特，我最喜欢的电影之一。他说，那之二呢？我笑了笑，说，之二太多了。他说，比如呢？我想了想说，比如《红白蓝》系列。他说，我喜欢《两杆大烟枪》和《低俗小说》。我说，哦。他不说话，我也没有说话。沉默半天，他说，你觉得我们是不是也应该像《爱在日落黄昏前》里的杰西和赛琳娜一样，一起度过一个美好的傍晚？我看着他。他的脸上满是期待的神色。我说，你知道吗？电影里杰西的原话是这么说的：如果把时间往后推十年或者二十年，你的婚姻已经不像最初那么有激情，开始想起以前遇到过的，那些你没有主动追求的人，想象着如果跟了其中之一会怎样。我可能就是那其中之一，现在好比你穿梭时空回到过去，碰到了自己错过的那些事情，你看，我可能给你和你未来的老公帮了一个大忙——给你一个机会，告诉你，你其实也没有错过什么，我其实跟他一样无聊没劲。

他惊讶地看着我，一时间没有说话。我忍不住笑了一下。他也跟着笑了，说，要不要一起去看电影？我想了想，说，好。他说，看电影前，我们先去吃点东西。我说，好。

我们沿着大街往前走了一会儿。他说，前面就是大悦城。我点点头，继续跟着他走。大悦城的广场前人来人往，似把我们包围一般。我有点害怕，紧紧地抓着他。我感觉脚下仿佛有海水卷上来，把我们带到了海里。他回头看看我，笑了笑，没有说话。我们穿过旋转门，走进商场，在一家港式餐厅前停了下来。他说，这里怎么样？我点头说，就这里吧。我们走了进去。餐厅里有很多外国留学生。我们找了一个餐位坐下来。这个时候，许诺的朋友来了，向我们打招呼说，许诺。我抬起头，看到了他。我没有想到会再次看到他，距离我们上次在海边见面已经过去了大半年。这半年多以来，我去了海边很多次，期望能够再次遇到他，但每次都是一个人坐着公交返回学校。他看到我，也有点惊讶。从他的眼睛里，我又看到了初次见面时的午后阳光。许诺说，方圆，这是我的哥们儿城子。城子，这是我的朋友，何方圆。他回过神来，对我笑着说，你好。我说，你好。我们一起坐下，点了几个菜。我紧张又羞涩，就像看到了多年不见的初恋。我歪着嘴角看他，看他脸上错愕的神情，看他眼睛里久违的温柔，看他举手投足间的熟稔。许诺和他说了一会儿话。我说，你叫城子是吗？他说，对啊。许诺这时候插话说，他是我最好的朋友。我说，我叫何方圆。文学院〇七级三班的。他点点头，笑了一下。我觉得我们的眼睛似乎都要把对方看穿了。许诺对我说，城子是商学院的。我没有接话，又问，你全名叫什么？他说，黎若城。我说，哦，黎若城。

吃完饭后，我们一起走出餐厅。那个时候，我们已经很熟悉了。我们聊起了各自的生活，但是我一直竭力避免向他说起下午的事情。我们走上电梯，去了电影院。他问我看什么电影。我在电影院的售票厅前站了一会儿，看着片单说，《岁月神偷》吧。他对售票员说，两张《岁月神偷》。电影院里下起了大雨，我们都被眼泪打湿了。他试图拉我的手，但被我躲开了。我说，他死了。他嗯了一声。灯光突然亮起来，人们开始站起来往外走。我们不说话，一前一后出了电影院。他说，我们去哪儿？我说，不知道。灯光相互连接，串起了一条条的街道。他说，你是哪个学校的呀？我又想起了下午的事情。我说，不关你的事。他说，现在已经很晚了，要不然我们找个地方待会儿，一起看日出吧？我没有说话。他说，你觉得呢？我还是没有说话。他说，你不高兴吗？我说，我想去海边。他看着我，眼睛里亮起了光芒，说，好啊，那我们去海边。我们两个人又原路返回到海边。海边的广场上空无一人，只有路灯亮着，飞鸟和鱼看不见了。夜色里传来窸窸窣窣的声音，像风正在拍打树叶。他把外套脱下来，披在我的身上。走进海滩的时候，他拉住了我的手。后来我们就一直拉着手，没有松开。他没有说话，我也没有说话。他带我来到一块礁石旁边，说，休息一会儿吧？我不知道是不是傍晚时候的那块礁石，也说，休息一会儿吧。我们两个人坐下来，看着漆黑静谧的大海，不远处似乎隐隐有些碎光，不知道是星星的影子，还是船头的灯光。他说，你冷吗？我说，不冷。他说，我们要在这里等着看日出吗？我说，随便。他不说话了，试探着把我揽在怀里。我没有抗拒。我们轻轻地依偎在一起，又说了一下各自的经历，后来就睡着了。我在梦里看到他叫我的名字，说，方圆。我抬起头，看到那张斯文和善的脸上闪现着贪婪的光芒。我叫他，老师。他笑了笑，突然朝我扑过来。我吓得不知道该怎么办。他一下把我按在了工作室的沙发上。我看到那些书架上满是眼睛。他压着我，不断亲吻我的脸颊和嘴唇。我用力挣扎，大喊，老师，你别这样。他像没有听见一般，狠狠地按住了我的手，把头埋在我的脖子里。我努力弓起身子，但是他用腿把我的腿压住了。我哭了。我祈求他说，别这样。他不听，不断地在我身上游走。我觉得眼前充满了黏稠的白色。我张开嘴，狠狠地咬了他一下。他大叫一声，恶狠狠地看着我。我哭着说，老师，求你了。他没有说话，突然变成了一只带着獠牙的野兽，不再像课堂上那般温柔和善，硕大的眼睛里露出了凶恶的光芒。他抬起自己粗糙的利爪，狠狠地扇在我的脸上。我呆住了。他用尖锐的獠牙撕开了我的衣服。我一边哭一边哀求。他像听不懂我的话，执意用身体包裹住了我。我感觉自己像飘浮在无尽的空间，身边布满点点星光。我试图抓住它们，但是无能为力。那些星光缓缓地包围了我，越来越亮，像要刺穿我的身体，突然，它们一下子穿透了我的胸膛，让我感到一阵眩晕。等我再次寻找它们的时候，它们已经都熄灭了，没有留下任何痕迹。

醒来的时候，城子正温柔地看着我。我吓了一跳。他说，你怎么了？我回过神说，没什么。他说，天亮了，太阳要出来了。我说，太阳要出来了？他说，对。我抬起头，看到蓝灰色的海平线上，有一片白光。他说，你睡着了吗？我想起了昨天下午的事情，感觉一阵恶心。我轻声说，睡着了。这时候，东边的海平线上越来越亮，有个小小的圆点露出来了。那个小点慢慢变大，变成了一个闪光的金属球，开始在我眼前摇晃。我突然有点眩晕。余生说，你放松，放松一点。我说，我困了。余生说，你想象一下自己站在柔软的沙滩上，海风轻轻地吹着，阳光明媚，万物复苏，一切看起来都那么美好。我顺着他说，一切都很美好。金属球依然不断地晃着，亮光落在了我的眼睛里。余生说，对，就是这样。海滩上有把遮阳伞，遮阳伞下有把白色躺椅。你可以轻轻地坐下来。我听从他的指令，轻轻地坐下来。余生又说，对，很好。我越来越困，觉得自己脑袋一歪，就像躺在了沙滩上，又像躺在了云朵里。我又看到了城子。我们两个人走在校园里，像是一对久别重逢的情侣。我说，没想到还能遇到你。他说，缘分吧。我说，你说过的话还算数吗？他说，什么话？我说，半年多以前，我们在海边看日出，分开的时候你说，如果再遇到，我们就一起去旅游。他笑了笑，说，好像有这么回事。我说，还算数吗？他犹豫了一下，说，许诺喜欢你。我说，我知道。他说，他是我的好哥们儿。我说，我知道。他没有说话。我说，还算数吗？他说，你想去哪儿？我说，苏州。他又不说话了。我们走过一片又一片的树荫，像穿过一扇又一扇门。沉默半天，他说，方圆，我不能对不起许诺，他是我兄弟。我笑了笑，但心里有点难过，说，那封情书也是你写的吧？他说，是，你看出来了？我说，没有。他说，你喜欢许诺吗？我笑了笑，说，我要说喜欢你，你信吗？他有些慌张，停下脚步看着我。我又说，行了，跟你开玩笑。

我和城子一起走向广场，广场上落下来的阳光让人目眩。飞鸟和鱼的雕像又出现在面前，切割了它身后的街道，空气中弥漫着大海的腥味。广场上有家店铺刚刚开门，门前挂了很多游客照。我说，我们一起拍张合照吧。他说，好啊，纪念一下。我们走过去，请摄影师为我们拍了一张照片。等待照片的空隙，他说，对了，我还不知道你叫什么？我笑了笑说，如果以后能遇见，我再告诉你。他说，以后？我说，对啊。他有些不解地看着我。我说，你不觉得这样的相遇很有意思吗？如果以后再遇到了，我们再好好地认识一下。他想了想，说，那也行。我笑了笑，又说，如果以后能够遇到，我们就一起去旅行。他说，好。一言为定。我抬起左手。他跟我击了一下掌说，一言为定。没用多长时间，摄影师就把照片洗了出来。照片上的他笑容温暖，而我却像个傻女孩，呆呆的眼睛望着前面。我把其中一张递给了他，说，这样，我们各自送给对方一句话吧，写在照片背面，不要写名字。他说，好。我们跟摄影师借了一支笔，在照片上写下了我们对对方的期许和祝愿。我写的是，Forever youthful，forever weeping！他送给我的是，谢谢你陪我度过一个美好的夜晚。我笑了笑，小心翼翼地收起照片说，好。那我走了。他说，不一起吃饭吗？我说，不了，谢谢你。他一阵失落，看着我说，好吧，我送送你。我说，不用，我们在这里相遇，就在这里分别吧。他笑了笑说，好。那再见。我点点头，轻声说，再见。然后转身离开广场。当我上了出租车后，悄悄地转头，发现他依然站在原地，愣愣地看着我。我也看着他，直到树影和路灯把他吞没。

一周以后，我们一起去了苏州。那些日子，我们都忘记了许诺的存在，像一对恋爱多年的情侣，接吻拥抱，手牵着手游览了拙政园、狮子林、虎丘和周庄。苏州的那些园林和建筑层层叠叠地印在了我们的眼睛里，像一幅流动的画卷。画卷里还有我对城子的眷恋和温存。走到平江路上，我终于鼓足勇气跟他说出了那个深埋心底的秘密。我说，城子，你知道吗？认识你的那天，我原本是想自杀的。他一脸惊讶地看着我。我说，你没想到吧？他说，我能看出来，那天你不是很开心。我笑了一下。他说，那天你失恋了吧？我说，不是，是让人侵犯了。他愣住了，一直看着我。我盯着巷子尽头的灯光，害怕它会突然熄灭。我说，是我的老师。那天他让我去他的工作室，说有事找我，然后就侵犯了我。我说着那天下午的事情，就像在讲述别人的事。我说，那天我从他工作室出来，一心求死，本来是想投海的，但是遇到了你。他说，那后来呢？我说，后来我就想找你，跟你说声谢谢。他嗯了一声，说，要好好地，都过去了。我说，可能吧。后来我们没有说话，一直踩着灯光往前走，感觉那条巷子永远没有尽头。

我们穿过学校操场，有只野猫窜出来，跳进了宿舍楼后的树林里。他说，方圆，以后我们还是少见面吧。我低下头，看到他的影子和路灯一样长。我说，城子，你什么意思啊？他说，我不能对不起许诺。我说，那你这样，就对得起我吗？他不说话。两个提着暖水瓶的女生有说有笑地走进宿舍楼。我笑了笑，像下了一个很大的决心说，好，那我跟许诺在一起，你满意吗？他说，方圆，我不是这个意思。我说，那你是什么意思？他说，如果你真的喜欢他，你们就在一起。如果你不喜欢，也不要伤害他。我嘲讽他说，你对许诺倒是挺重情义。他没有说话。我转身离开，走上台阶。他喊我，方圆。我没有理会，继续走，快要进门的时候突然被他拉住了。他说，方圆，对不起，是我不对。我回过身子，对他一字一句地说，苏州的事情，我们就忘了吧。他说，谢谢你把我当成朋友。我说，不，谢谢你陪我去苏州。

我睁开眼睛，看到余生正准备下班。他脱下工作装，穿上了蓝色运动服，像是换了一个人。他看到我醒了，就笑了笑。我说，对不起，耽误你下班了。他把一本书放进包里说，没关系。你还好吗？我觉得一阵头疼，又在沙发上躺了一会儿。他走到我面前，坐下来，看着我说，平时多注意休息。我说，知道。他说，这半年来你的状态好多了。我说，是吗？他说，对啊，只要坚持吃药，慢慢就会好的。我说，谢谢你，余医生。他站起来，继续整理东西，说，别客气。我说，余医生，可我还是忘不了他。他停了一下，但是没有转身，说，不要总是想过去的事情。我点了点头，站起来说，好，谢谢。他背起背包，对我笑着说，走吧，一起下去。我伸手取下衣架上的大衣，和他一起走出去。

阳光强烈，让人一阵眩晕。我努力睁眼去看，见太阳慢慢变大，像一个白色的圆盘，从海平面上升起来，留下一道狭长的影子，延伸到我们面前。后来白色的圆盘变成了淡黄色，又变成了橙红色，然后越来越亮，渐渐向四周扩散，直到照耀得蓝色海面波光粼粼，璀璨夺目。我们都没说话，只是看着眼前的天空和海。周围开始喧闹起来，来自城市的声音慢慢浮动，朝我们蔓延。一只海鸥从头顶飞过，我们沉浸在白天里了。我转过头，看到他正笑着看我。我也朝他笑了一下。他说，太阳升起来了。我也说，太阳升起来了。阳光落在我们身上，感觉一阵暖和。我起身把衣服还给他，跳了两下，见清晨捕鱼的船只已经返航，岸边也有两三个人正坐着钓鱼。我向前走了两步，把手伸进海水里。海水有些凉，凉意直往骨头里钻。我忍着凉意，晃动了两下，闪烁的光点被海水吞没了。

他来到我面前，一脸怒气地说，你跟许诺在一起了？我说，关你什么事。他显得有些烦躁，直直地看着我。我又说，怎么，你不同意？他说，你喜欢他吗？我说，不喜欢。他说，那你还跟他在一起？我说，对，因为这样我就能看到你了。他愣住了，没有说话。我起身收拾书包，准备前往图书馆。他跟我走出教室，说，你这样会伤害许诺的。我有些生气，把书包摔在地上说，你这样不也是在伤害我？我只想要一个对我好的人，有错吗？他帮我把书包捡了起来，说，对不起，方圆。我说，你没有对不起我。他上前紧紧地抱住了我。我趴在他的肩头，觉得整个身子都要被一种力量撕裂开了。余生抱起我，把我放在病床上。一个白衣服护士走进来，轻声叮嘱他不要打扰病人太久。他说，知道了。然后把被子盖在我的身上。我以为他要走，猛地拉住他说，别走，不要丢下我。他笑着抱抱我，说，傻瓜，我怎么会离开你呢？我抬起头，看到那副温暖的笑容，就像多年前初次见面时那个下午的阳光。我没想到还能再见到城子。城子说，你还好吗？我说，好，就是想你。他说，其实我也想你。看到那副熟悉的笑容，我突然感觉一阵难过，好像远方又传来了海浪的声音。我说，城子，我们的孩子没了。他说，孩子？我说，对，孩子。他说，什么孩子？我说，我们的孩子。他说，怎么可能？我摇摇头说，我以为再也见不到你了，你走之后，他就死了。是我杀了我们的孩子。他愣住了，半天才说，是在苏州吗？我说，是。他没有说话。我说，对不起城子，我没有保护好我们的孩子。他沉默半天，说，方圆，是我对不起你。我摇摇头，抱住他说，城子，求求你，不要再离开我。他没有说话。我以为他生气了，说，城子，答应我，不要再走了。说完我就哭了，说，你知道吗？我找了你好久。他说，对不起，方圆。我摇摇头说，我一直很想你，忘不了你。他不说话，只是一个劲地安慰我，让我放心。我看到海浪和树木交叠在了一起，好像又回到了苏州。我对他说，城子，别再丢下我。

他拍拍我的头，还是出门而去。我突然感觉一阵失落，好像又变成了孤身一人。回过头，我看到父母和亲友们正在忙来忙去，准备明天结婚需要的东西。我起身走到窗前，看到对面层层叠叠的楼上闪烁着万家灯火。忽然有人叫我名字，问我什么时候开始盘头。我没有回答，感觉年少时的那些时光正在离我远去，最终消失在无尽的黑暗之中。我愣了一会儿，拿出手机，给城子发了一条短信，告诉他我要结婚了。这时候，闺蜜敲了敲门说，方圆，准备盘头吧。我说，好啊。然后放下手机出门。关门的时候我突然听到手机响了，我跑回去，拿起手机，看到城子给我回复的消息说，方圆，祝你幸福。我看着那六个字，突然流下了泪水。我回复他说，谢谢你。然后擦了擦脸上的泪水，删掉了城子的一切。

我和余生的婚礼仪式是在黎城的一家教堂里举办的，除了父母，又请了几位要好的亲友作为见证人。主持仪式的牧师有些胖，长相很喜庆，即使一脸严肃，也让人想发笑。城子穿着白色衬衣和黑色西裤站在我面前，像是一个骑着白马守护公主的骑士。我看看他，他也看看我。我们都在对方的眼睛里看到了自己。牧师身穿黑袍，手持《圣经》，清了清嗓子，说，我要分别问你们两人同样一个问题，这是一个很长的问题，请你们谨慎回答。我和城子一起点了点头。牧师转向城子说，余生，你是否愿意娶何方圆为妻，按照《圣经》的教训与她同住，在神的面前和她结为一体，像你爱自己一样。不论她生病还是健康、贫穷还是富有，始终忠诚于她，与她相亲相爱、相濡以沫、一生一世，不离不弃，你愿意吗？城子大声说，我愿意！牧师点点头，又转向我，说，何方圆，你是否愿意嫁给余生为妻，按照《圣经》的教训与他同住，在神的面前和他结为一体，像你爱自己一样。不论他生病还是健康、贫穷还是富有，始终忠诚于他，与他相亲相爱、相濡以沫、一生一世、不离不弃，你愿意吗？我说，我愿意。牧师又点了点头，冲我们两人说，交换戒指，作为结婚的信物。我们转身面对对方。城子对我笑着，从上衣口袋里掏出戒指，哆哆嗦嗦地想要给我戴上。我看着他紧张的样子，很想笑。突然他的手一抖，戒指掉到了地上，滚出很远。他连忙弯腰去捡。教堂里发出一阵哄笑声。牧师笑着说，咱们的新郎有点紧张啊。城子抓起戒指，擦了擦汗，又把戒指在衣服上蹭了蹭，重新戴在我手上。我也给城子戴上戒指。牧师说，好，接下来，我说一句，你们跟着我说一句。新郎先来。何方圆，这是我给你的结婚信物。无论贫穷富足、生病健康，我都是你忠实的丈夫。城子说，方圆，这是我给你的结婚信物。无论贫穷富足、生病健康，我都是你忠实的丈夫。牧师说，好，然后是新娘。余生，这是我给你的结婚信物。无论贫穷富足、论生病健康，我都是你忠实的妻子。我说，余生，这是我给你的结婚信物。无论贫穷富足、生病健康，我都是你忠实的妻子。牧师点了点头，双手握住《圣经》，说，根据《圣经》给我的权柄，我宣布你们为夫妇。我看向城子。城子拉起了我的手。教堂里响起掌声，像是海浪，不断朝我们涌来。

城子站在我面前，像是一头余怒未消的野兽。我们两人都没有说话。校园里的喧嚣好像很远。沉默半天，他对我说，许诺找我了，你知道吗？我说，我知道。他有些紧张，说，许诺也找你了？我看了他一眼，说，找我了。他说，他说什么了？我想了想说，他跟我表白了。他的神情有些慌张，打望了下周围，像做了什么坏事的孩子一样，说，那你怎么说的？我说，实话实说，我说我喜欢你。他愣住了，说，你告诉他了？我说，城子，我不能骗你，也不能骗许诺。他说，方圆，你这么做，让我们三个人都很难堪，你知道吗？既然你不喜欢，当初为什么要答应跟他在一起呢？我没有说话，他也没有说话。半天我才说，城子，当初我就没跟许诺在一起。他说，你说什么？我说，上次我是骗你的。他愣了一下，又说，那我也得跟他解释清楚。我说，城子，你能解释清楚吗？他看着我，有些不明白。我说，你想告诉许诺什么，告诉他我们早就认识了？还是告诉他我们一起睡过？城子急了，说，我又没有对不起他！我说，没有对不起他，那我算什么？！他看着我，没有说话。我又说，感情里的事哪有那么容易说清楚呢？城子说，为什么不能说清楚？我说，城子，如果没有许诺，我们有没有可能在一起？他愣了一下，想了想说，不一样的。我倔强地说，一样。

城子笑了一下，轻轻地抱住我。我又看到了漫天的星光。

15

余 生

两年前刚刚认识方圆的时候，她还只是我的一名患者，在朋友的介绍下来找我咨询心理问题。熟悉以后，她总是给我讲起和城子的相识离别，以至于我几乎都能背下两人的故事。比如他们是如何在海边的广场上遇见的，又如何从小说聊到电影，怎么在沙滩上度过了一个晚上，后来又怎么在校园里碰到，以及两人为什么一起去了苏州。她给我讲述这些往事的时候，就坐在我工作室的白色沙发上，沙发左边是一棵长势旺盛的发财树，窗外的光线穿过树叶打在她的脸上，落进了她深邃的眼睛里。那时看着她我心里就想，这么好看的一个女孩子，为什么会有这样的遭遇呢？在她的故事里，许诺这个人可能出现过，也可能没出现，但是我没有印象。后来宋琪找到我，询问方圆的事情，我也没有把他和城子联系起来。等到许诺来到黎城，我们在四马路的一家咖啡店里见了面，聊起城子时我才知道，原来他就是城子口中那个追求方圆的朋友。

其实我和方圆认识半年以后，她的情况是有所好转的，整个人看起来状态很好，似乎已经放下了心里的包袱。那段时间，我们常常去海边散步，聊各自的生活。一来二去我就喜欢上了她，大概是被她身上的冷冽气质吸引，没过多久我就表白了。开始方圆不同意，说心里放不下城子。可那个时候，我在感情方面已经陷得很深了，这辈子只想和她生活在一起。我跟她说，我想好好照顾她，除了城子，最了解她的人可能就是我了。后来我几乎天天都去看她，陪她散步和聊天。大概是被我的真诚打动，没过多久方圆同意我们两人可以接触试试。相处半年以后，我们结了婚。结婚的时候没有大办，按照她的想法，一切从简。但是我怎么都没有想到，婚后因为一些生活上的矛盾，我们几次吵架，让她重新陷入了当初被侵犯的伤害之中，而且越来越严重，甚至出现了臆想症的情况，不仅把我认作城子，还说我们曾经有过一个孩子。后来我才知道，那不是臆想，而是事实。那时考虑到她的心理状态，我们一直没有同住，每次我想要碰她，她的眼神里就会流露出一丝惧怕和敌意。那次因为一点小事，我们闹了点别扭。她不依不饶，跟我大吵大闹，我没忍住，气急之下动了手，把她推倒在地……不想却把她推进了万劫不复的深渊。后来她的脑部受到重创，出现记忆混乱和认知障碍，再也不认识我了。为了治好方圆，我带她看了很多精神科医生，也去过北京，但是那些专家都对方圆的病情无能为力，只能借助药物暂时控制。

解铃还须系铃人，为了缓解方圆的病情，我通过社交网络辗转联系上了城子。城子接到我电话的时候，特别诧异。我简单地跟他说了方圆的情况，希望他能帮忙想想办法。可是他却对我说，他快要结婚了。我说，没关系，我就是想多了解了解方圆。他顿了顿说，方圆的病情很严重吗？我说，严重，除了你，其他人几乎都不认识了。他很长时间没有说话，后来我们聊了两句就挂了电话。谁想两天以后，他却来到黎城，说放心不下，想来看看方圆。城子是个长相干净的男生，说话也有礼貌，但是看得出来，他是个内心敏感、情绪复杂的人。每当我们聊起他和方圆的事情，他都要想一想，然后才会说上两三句。其实他也没有想到方圆会病得如此严重。我说，你知道方圆大学时候的事情吧？城子说，知道。我说，所有的事情吗？他说，所有的事情。我说，包括她被侵犯的事情。他沉思了一下说，包括。我说，那方圆很信任你。他说，我们是很好的朋友。我说，仅仅是很好的朋友吗？他没有说话。我说，你知道吗？你遇到方圆的那天，二月十七号，她被她的大学老师侵犯，前往海边原本是想自杀的，不想遇到了你。其实是你无意中救了她。城子沉默不语，半天才说，开始我不知道，后来她给我隐约提过。我点点头，说，正是因为你的一句话，她改变了自杀的想法。城子说，是吗？我说，是。城子沉默了一阵。四五个打扮时尚的年轻人和我们擦肩而过，城子侧身让了一下。我们一起走上广场的台阶，坐在花坛边。我说，从那以后，她一直没有忘记你，甚至可以说，一直想要找到你。城子看着远处的老人和孩子，不说话。我接着说，但是她怎么也没有想到，你们其实同在一所大学，或许此前的生活里，你们曾经擦肩而过，只是没有遇见。城子轻声说，或许吧。我说，但是后来你们还是遇到了。城子沉吟半天，说，是，因为我的一个朋友。我说，我听她说过。然后她跟你表白，你没答应。城子说，那个时候，我朋友正在追她。我说，这个我不清楚。城子长叹口气，说，是我的好朋友，所以我没办法答应她，也没办法接受她。我说，可是后来你还是陪她去了苏州。他犹豫了一下说，是，我们刚刚认识的时候我就答应她的。我说，后来呢？他说，后来我们在苏州玩了四五天，最后一天的时候，她告诉了我她的故事。我说，所有的故事？他说，是，所有的。我点了点头，说，后来你们又约过一次，看了一场电影。看完电影之后，你就失踪了。他说，不是失踪。那段时间，我因为何方圆和我的朋友闹掰了，我不知道该怎么面对她，就选择了逃避。我说，后来你也没有找过她。他说，没有，那时候其实我是想和何方圆断绝来往的。我说，为什么？他犹豫了一下说，我和我的女朋友复合了。我嗯了一声说，所以你一直不知道，方圆因为你精神差点崩溃。他说，我不知道。然后又说，是我对不起她。我说，你不是对不起她，是你了解了她的故事后，看不起她。他愣住了，大概是惊讶于我的直接。

他就那么看着我，一时不知所措。我看到他的眼里闪过一丝惊慌。我笑了笑，试图缓和气氛说，不管怎样，还是很感谢你来黎城。他没有说话。我也没有说话。几个孩子滑着滑板从我们面前穿过，然后又跑远了。沉默半天，他抬起头看看我说，我能见见方圆吗？我说，你真的关心她吗？他点了点头。

我带着城子见了方圆一面。看到城子，方圆很开心，像个小孩子。我帮两人拍了一张照片，算是纪念。方圆拉着城子坐在公园的长椅上，叽叽喳喳说个不停。看得出来，方圆是真心喜欢城子。也可能是因为城子的出现，给了她第二次生命。远远地看着他们，我都觉得自己是个外人。很多个瞬间，我想起和方圆度过的那些时光，像是冬天里窗户上的冰花，轻盈而又绚烂。临走的时候，方圆对城子依依不舍，拽着他的胳膊，不让走。我上前安慰方圆说，乖，你该休息了，城子还会来看你的。城子轻轻地抱了一下方圆说，我还会来看你的。方圆含情脉脉地看着城子，说，我等你。那一瞬间我的心里突然有种说不出来的滋味。走出疗养院，我和城子的心情都有些沉重，很长时间没有说话。我开车把城子送到火车站。临下车的时候城子依然有些恍惚，于是我提醒他说，到了。他说，什么？我说，车站到了。他点了点头，说，方圆为什么会变成这样？我紧紧地握了握方向盘说，受了刺激。他说，是因为我吗？我犹豫了一下，说，不能这么说，原因很复杂。他点了点头，没有再追问。

后来城子又来过一次，跟我商量要带方圆前往北京看病，找些精神科的专家想想办法。我对他说，其实我已经带她去过北京了。方圆这种情况，很复杂，原本就有心结，现在又旧病复发，病上加病，可能一辈子都治不好了。他张了张嘴，似乎想说什么，但又什么都没说。那次方圆和他聊了很长时间，临走的时候，不知道为什么，方圆就是不让他走，还差点吵起来。最后是我连劝带哄，才让城子脱身。离开的路上，我向城子表达了歉意。他似乎心情沉重，没有回应。沉默半天后，他才试探着问我，你们婚后有孩子吗？我摇头说，没有，结婚之后，考虑到方圆的病根，我们一直分居。后来我才猜到城子为什么会有这么一问。一直以来，我都以为自己了解方圆，知道她所有的事情，但是她的内心深处还是留了一块地方给城子。那里只属于他们两个人，谁也走不进去。当时城子若有所思，点头说，以后我会抽时间来看她的。我嗯了一声，说，你快要结婚了？他说，是。我说，方圆的事情，你对象知道吗？他顿了一下说，不知道。我说，你会告诉她吗？他想了想说，看情况吧。我说，谢谢你这段日子陪伴方圆，如果有需要，我可以替你解释。他苦笑一下，没有说话。我拍拍他以示感谢，然后和他一起下了车。车站前人来人往，众生喧嚣。我又说，方圆的精神状态不太好，有时候会把你当成我，希望你不要介意。他沉默了一下，说，不会的。我说，谢谢。他欲言又止，在我面前站了一会儿，什么也没说，转身就走了。不想等我再打电话的时候，就联系不上他了。那时我以为他是不想招惹麻烦，所以才和我断绝了联系。毕竟他也有属于自己的生活。城子失去联系以后，方圆的病情越来越严重，每当她问起城子时，我只能欺骗她说城子外出工作了，需要很长时间才能回来。反正她的记忆总是一阵一阵的，没过多久就忘记了。但是我没有想到，城子离开黎城不久就去世了。

许诺说起城子死时的情形，多少让人有些意外。我说，城子年纪轻轻，有什么事想不开呢？许诺情绪低落，惆怅地说，我们也不知道。我说，可能是命吧。许诺没有说话。后来我带许诺去疗养院见了方圆。没想到方圆竟然还能认出他，那张苍白的脸上渐渐露出了笑容，就像开在冬天里的一朵百合。她上前拍拍许诺的胳膊，不断向他问起城子的下落。好在我事先嘱咐了许诺，没有露出马脚。许诺告诉方圆，城子的工作很顺利，用不了多久，就会回来看她。

方圆望着满园花草，笑了笑，转头轻轻地对许诺说，那你跟他说，我想他了，一直在等他回来。

16 罗美宁

找到何方圆之后，许诺特意回了一趟孟官，把我们叫到麦芽，说了她的事情。那时酒吧里放着老板喜欢的*Five Hundred Miles*（《五百英里》），略带伤感的曲调让人思绪飞扬，而许诺的讲述，就如一段如梦似幻的旧日传闻，让人感慨万分。我们身后的座位上，大兴叔正端着酒杯，嘴里咀嚼着花生，向周围人讲述他昨晚的奇遇——街上那只流浪黑猫在红楼教堂的栏杆下偷偷吞咽了一朵牵牛花。这样的怪事奇谈已经不止一次地从他口中说出，听众们发出一阵哄笑，纷纷表示不信，但有的人好奇心已被勾起，嚷嚷着让他继续。大家的哄闹声并未抵消我们的伤感，反而让人愈加忧愁。许诺长长地舒了口气，转头望向窗外，像是努力消化着这段从岁月深处揭开的往事所带来的伤害。

谁都没有想到城子和何方圆还有这样一段故事，但无论如何城子都已去世，那些青春和爱情也成了记忆里的过往。小满说，事情都过去了。许诺摇摇头，悲伤地说，过去了吗？宁檬说，过去了。我有些难受，没有说话。许诺说，回来的路上我就想，如果当初没有那么偏执，会怎么样呢？小满说，这事儿不怪你。许诺笑了笑，笑容有些苦，说，我觉得，好像是我害死了城子。我不知道该说什么，只是怔怔地看着他。他那双明亮的眼睛里充满血丝，透着一丝疲惫。我忍不住安慰说，别想了，不是你的错。许诺摇了摇头，把杯子里的瓦伦帝诺一口饮尽，打算举手再要，但是被小满拦住了。小满说，许诺，别喝了，出去走走吧。酒吧里的环境让人发闷。我们一起走出麦芽，秋天的孟官街上落满了梧桐树叶，斑驳的墙壁上折射着金黄色的落日余晖。许诺耷拉着头，像一颗被霜打过的茄子。我们沿着孟官街走了半天，谁也不说话，好像整个城市都感染上悲切的氛围。走到孟官商店，小满突然说，我们去哪儿呢？我说，我想回家了。宁檬看了看我，说，美宁，你没事儿吧？我摇了摇头，说，没事，就是想回家了。小满点点头说，那就回家吧。宁檬看了看许诺，问他什么时候回北京。许诺说，明天。宁檬说，这么快？许诺嗯了一声，然后向前走了两步，回转身子对我们说，每次回到这里，我就会想起从前的事情。我愣了一下，又沉默下来。我突然理解了许诺的苦衷，城子的死已经在他的心上刻下了伤痕。我看到他瘦削的身影站在孟官街口，背后的蓝色远山在树木的掩映下若隐若现，半空里吹来阵阵凉风，伴随着这个小镇的喧嚣，将每个人分隔得越来越远。

我不知道那天我是怎么回家的，好像整个世界都没有声音，甚至当我走到小区门口的时候，常常在那里摆摊的常师傅跟我打招呼我也没有察觉。我觉得自己踩在一条软绵绵的道路上，漫无目的地来回行走。走到家门前的时候，妈妈正在小区的花园里和虹云阿姨聊天。看到我走回来，虹云阿姨笑着跟我说话。我无精打采，只是回了她一个笑容。这时候我听到妈妈问，美宁，你怎么从这边回来？我这才想起来，我是开车去的麦芽，而离开的时候竟然把车忘下了。我有气无力地回她说，放在外面了。她好像没有听见，说，你说什么？我说，没什么。然后就进了楼。妈妈也没有理我。

回到家里，我打开房门，走进卧室，一下子趴在床上，然后就哭了。开始我只是抽泣，后来哭声越来越大，好像要把所有的力气用完。这时候母亲回家了，听到我的哭声，敲了敲门，进来惊诧地说，美宁你干吗呢，怎么哭了！我没有理会她。母亲走过来，轻轻地坐在我身边，拍着我说，美宁，怎么了你，发生什么事儿了？我拽过被子，蒙住了头，继续哭。妈妈害怕了，抱住我问我怎么回事。我止住哭声，朝她呵斥说，你能不能别管我！妈妈愣住了。她抱了我一下，然后悄悄地起身出门。泪水渐渐弥漫了我的眼睛。我仿佛又看到了城子，看到城子和我一起走过高中校园的林荫路，看到城子带我一起在篮球场上打球，看到城子和我一起坐在琴房的教室里弹琴跳舞……我还看到在黎城大学门口，城子和一个女孩一起走出来的情形。

城子死前的两个星期，是去过一趟黎城。回来之后我问起他，他却什么都不说。当时我就感觉有什么事情，于是趁着城子洗澡的工夫，偷偷地看了他的手机。手机里有他和一个女孩新拍的合照，背景好像是树林一角，特别幽静，女孩穿着条纹服，一脸幸福。现在想来，应该是城子见到何方圆以后，两人在疗养院里拍下的。但是当时的我脑子一蒙，火气立马就上来了。城子洗完走出浴室，看到我脸色极为难看，就问怎么了。我没有说话，只是狠狠地盯着他。城子笑嘻嘻地上前想要抱我，却被我躲开了。城子有些疑惑，说，到底怎么了？我说，城子，你是真心想跟我结婚吗？城子觉得有些怪，说，真心的啊！我拿出手机，狠狠地摔在沙发上，等他给我一个解释。谁想他立马就生气了，说，你怎么能偷看我手机呢？我说，我们都要结婚了，为什么不能看？城子说，你这是侵犯我隐私。我冷笑一声说，我看你是心里有鬼！然后从沙发上抓起靠背狠狠地扔向他，说，城子，你他×的真是混蛋。说完，我摔门而去。

那件事情可以说是把我们的感情拖入深渊的导火索。后来城子跟我解释说，那只是他的一个朋友，两人根本没有什么关系。想起我们即将结婚，我心中一软，原谅了他。他还向我发誓说，我们重新走在一起之后，他从来没有对不起我。看到他那副真诚的样子，我相信了。但我怎么都没有想到，过了几天，我却在他的包里翻出前往黎城的火车票。我憋着火质问他到底怎么回事。谁想城子认为我不信任他，脸色有些难看，但还是跟我解释说，他就是去看看朋友。我冷笑说，什么朋友，女朋友？他说，美宁，我们都快结婚了，你还不相信我？我说，城子，我就是太相信你了，才被你一次又一次地欺骗。他说，我没有骗过你！我说，没有吗？他说，好了美宁，我们不要抬杠了。我向你保证，我去黎城就是看个朋友。我说，好，城子，如果想让我相信你，你就别去黎城！他愣住了，没有说话。我也没有说话，沉默半天，我站起来说，城子，我先回家了。他没有吭声，也没有留我。两天以后，我去找城子，发现他不在家，就知道他肯定是去黎城了。于是我给他的大学好友章南发了条信息，问他有没有见到城子。章南说没有，还问怎么了。我回他说没什么。那时我就起了疑心，我知道，城子一定是背着我出轨了，可能是他大学时候的哪个女朋友。

再次见面的时候，也就是他从黎城回来的当天，他来找我吃饭，其间我都没有说话。回家以后，他想逗我开心，问我这两天在干些什么，我冷着脸，依然没有理他。后来他来了一个电话，看我一眼后躲到外面接了。见他一副偷偷摸摸的样子，我突然就生气了。等他回来后，我就说，谁的电话，还得去外面？他说，没什么。然后就把话题岔开了。我虽然没有再说什么，但却憋了一肚子气。后来我们一起装饰了一下客厅。忙完以后，坐在沙发上休息时，我重新提起话头说，城子，你实话告诉我，你是不是喜欢上别人了？他一阵诧异，说，美宁，你想多了。我说，我不信。城子，你要是有了别人，我们就分手吧。他生气了，站起来说，你胡说什么！我说，我受不了你这样。他似乎有些无奈，上来抱着我说，媳妇，真的没有什么。我说，我不相信。城子沉吟半晌，郑重地说，美宁，我知道说出来你可能不信，就是有个大学时的朋友，我们又联系上了。说实话，以前我确实喜欢过她，但只是有些好感。现在她生病了，所以我就关心一下。怎么说呢，现在她谁都不认识了，只记得我。所以没办法，我只能暂时陪陪她。我怕伤害你，所以才瞒着你。我打断他说，她病了需要你陪，你是她什么人？他说，美宁，你不要误会。我心里已经有些难受了，说，城子，一个普通朋友，你都能对她这么好，为什么对我就这样呢？他松了口气说，美宁，你不要多想。我说，我怎么可能不多想，你告诉我，我的未婚夫为什么要去照顾别的贱货？！他说，美宁，你能不能说话好听一点？我说，不能！她就是一个贱货，贱货！他直直地看着我，半天才用恳求的语气说，随你吧，美宁，我希望你能理解我。看他一副失落的样子，我冷静下来了，说，我理解不了，城子，我不能跟另一个人分享本该属于我的爱情。他说，没有你想的那么严重。我难过地说，城子，你真是太让我失望了。他说，你看，我一说你就生气。早知道就不说了。我又激动起来，说，你是想瞒着我？你还有什么事情瞒着我？他的脸一下子就青了，说，好了好了，是我不对。说完上来抱我。我挣开了他的怀抱，说，城子，你让我怎么相信你？大学时我去看你，你明明搂着一个女孩从学校里出来。他说，美宁，那都是过去的事儿。我哭了，说，过不去。他看着我说，美宁，你能不能别闹？我抬高声音说，我哪里闹了？是你对不起我。你大老远的，跑去黎城看另外一个女人，你告诉我，是谁对不起谁？！他站起来，严肃地看着我说，我实话告诉你，如果不是爸爸劝我，我是不会再跟你复合的，我一点都不喜欢你这性格。我愣在那里，像被人从头顶泼了一瓢冷水。

我没想到会有这样的结果。如果可以，我多么希望自己永远活在高三那年。那年的天空是蓝色的，树木是绿色的，街道是白色的，城子的笑容温暖如初，性情也没有现在这么淡漠，无论我要求什么，他都是笑着答应，然后摸摸我的头说，乖。我不知道成长为什么会改变我们那么多。城子说完，我当即起身，摔门而去。城子真是伤透了我的心。回家以后，我只想大哭一场，整个晚上都没有睡觉，直到天快亮时，才迷迷糊糊地睡着。等到第二天中午，妈妈叫我起床，我也懒得理会，没过几个小时，城子就来了。

他穿着一件崭新的碎花衬衫，头上顶着一到夏天就从不离身的金色墨镜。看到他进门，我默不作声地回了卧室。城子显得有些不知所措。妈妈让他坐下，转身去了厨房沏茶。这时爸爸听到声音，从书房出来跟城子打招呼。我知道在爸爸心里，他早已认可了城子。因为我跟他说过，这辈子我非城子不嫁。可是他并不知道，城子却一直在欺负他的宝贝女儿。爸爸走到我的卧室门前，敲了敲门，让我把门打开。我没有理他。他说，美宁，听话，你这样是不礼貌的。我依然没有搭理他，把头埋在了枕头里。妈妈大概沏好了茶，大声叫我，美宁！听到妈妈的声音，我不敢再耍性子，只好上前打开了门。妈妈站在门口说，你这孩子，怎么回事？我没有理会，转身躺倒在床上。城子趁机走进卧室，关上了门。我没有搭理他的意思，抱着大熊抱枕装睡。他看了看我说，美宁，你打算闹到什么时候？我没想到他竟然反咬一口，气得把床上的熊猫玩偶扔向他。他把熊猫接住了，放在旁边的橱柜上。我冷笑说，现在来当好人了？他听出了我话里的嘲讽意味，说，美宁，你听我解释。我说，有什么好解释的？他说，事情不是你想的那样。我说，哪样？他坐到床边，我把脚闪开了。他欲言又止，半天才说，对不起美宁，那天我不应该跟你发脾气。我看看他，又缩了缩身子。他说，那就是我大学时候的一个朋友。我说，朋友？他说，是的，而且她都已经结婚了。我说，结婚了还用你关心？城子，我真不知道你说的话哪句是真哪句是假。他耷拉着头，没有说话。我见他不吭声，把床上的大熊甩到了地上。他把地上的大熊捡起来，放到了我的床上，我又把大熊扔到地上，他又捡了起来。我心里难过，又说，你大学时候对不起我，现在又是这样，你别以为我不知道你做了什么。他说，美宁，够了，那些都过去了。我说，过不去，这件事情在我心里永远过不去。他有些无奈，而我依然不依不饶地说，前阵子你要跟我分手，是不是因为她？他轻轻地说，不是。我说，是她，就是她。他说，你觉得是就是吧。我信以为真，立马急了，说，你竟然为了一个贱货跟我分手！我气得趴在床上哭了起来。他上来拍了拍我的后背，安慰我说，美宁，别哭了。

我哭的声音更大了。

他有些无可奈何。我见他不再说话，止住了哭声。我睁开眼睛看着他，他正望着窗外，正在思考什么。他说，我只是没有想到会对她造成那么大的伤害。我说，伤害？怎么，她怀了你的孩子？他脸色苍白，一时愣住。我说，你倒是说话呀。城子叹气说，美宁，你这样让我挺累的。我说，你这是怪我？你背着我勾搭其他女人，还有脸怪我？他看着我，愣了一下，眼睛里似乎充满了无尽的哀伤。

我拿起枕头狠狠地扔了过去。他吓了一跳。他有些不耐烦，说，你又怎么了？听到他不耐烦的声音，我一下就生了气。我说，你这是什么态度？他说，我怎么了？我说，你是不是觉得我没人要了，才黏着你？他说，我什么时候这么说了？我说，你这么想了。你别以为我不知道，在你心里，就觉得我像一块黏人的口香糖，巴不得把我推开！他说，我没有这么想。我突然有些难过，紧紧地攥住拳头，打向他说，城子，你他×的真是混蛋！他按住了我的手，说，你发什么神经？我说，对，是我发神经，我有神经病，是我神经，才喜欢了你这么多年！哪怕你出轨，我也一心一意地盼你回来！城子站了起来，脸色铁青，眼睛里闪着凶光，说，美宁，以前是我对不起你，难道你就没有对不起我的事情吗？我说，你说，我哪儿对不住你了？他不说话。我说，我没有对不起你，是你对不起我。城子，你这个混蛋！他说，美宁，我跟你说过了，何方圆只是我的一个普通朋友。我说，好啊，何方圆，这下你承认了吧？他说，我承认什么？我说，你就是对不起我！我把床上所有的东西都扔向他。他一动不动，枕头、被子以及我的毛绒玩具，都掉到了地上。我站起来，上前狠狠地打他。他依然无动于衷，像是任由我胡闹。

这时候，我听到了敲门声。妈妈在门外大声问我，美宁、城子，你们干吗呢！我气得跟他们大喊，你们别管！妈妈说，有事好好说，不要吵来吵去的。我大喊道，我说了，让你们别管！外面没有声音了，我也累了，坐了下来。城子看着我说，美宁，你闹够了吗？我大声说，没有！他说，我没有对不起你。我说，我想开了，就算你对不起也没关系。黎若城，我不会让你得逞的。这辈子，我死也要跟你一起死。我不会跟你分开的，也不会跟你离婚。以后你要是出轨，找女人，我就出去找男人！他看着我，半天说不出话。我冷笑了一下说，你是不是觉得自己大学时交往了十几个女孩子，很骄傲，很有成就，我告诉你，大学跟你分手以后，老娘也睡过男人，你不想要我，有的是男人要！那一瞬间，我的房间里寂静得可怕，整个世界几乎都失去了声音。他长长地舒了口气，美宁，随便你吧。我上前拽住他说，你给我说清楚。他说，到底想让我说什么？我说，你跟我说，你是不是看上那个女人了，我告诉你，明天我就找人废了她！他大惊失色，后退几步，差点撞到我的花瓶。我看着他，他也看着我。他上前两步，抓住了我的肩膀说，你闹够没有？我冷笑着说，怎么，你想打我吗，这是我家，你还想打我？他气得说不出话，身子微微颤抖着。我又说，你以为我不知道你为什么跟我复合，因为我爸是吗？黎若城，我是很喜欢你。但是你不能因为我喜欢你就为所欲为。你知道吗，你就是个混蛋！他看着我，满脸哀伤的神色。他愣了许久，然后慢慢地放开了我。他说，美宁，随便吧。

这是城子留给我的最后一句话，说完他转身出了门。爸爸妈妈看到他，想了解究竟发生了什么事情，但都没开口。城子也愣了一下，然后神情沮丧地向我的爸妈说，叔叔阿姨，对不起。说完就朝外面走去。爸爸喊他，但是他没有应声，径直出了门。妈妈跑进来看我时，我正好听到他关门的声音，就像关在了我的胸口。妈妈皱眉说，你们两个怎么回事？我没有理会，在心里问自己，事情怎么就成这样了？妈妈坐下来说，你们吵架了？我没有回答。妈妈又说，乖女儿，有什么事情，不要闷在心里。我说，妈，您能让我自己待一会儿吗？妈妈叹了口气，出门了。我一下子就瘫在了床上，好像用光了所有的力气。

关于这件事情，我从未告诉过任何人，哪怕是警察问起来，我也没有说，因为我不想让别人知道，城子还和其他女人有牵扯。我只是想让别人觉得，城子是爱我的，他的心里只有我一个人。就如他死前的那个下午，我还一边咒骂城子的不忠，一边等着他像往常般捧着鲜花出现在我家门口，对我说，嘿，亲爱的，我们和好好不好？但是我怎么也没想到，到了晚上八点左右，小满打来电话，火急火燎地跟我说，美宁，赶紧下楼，城子出事了！

17 许正东

小诺去西安的那些天，我和小诺他妈去了一趟黎家。听人说自从城子走后，芳苓有段时间总是去教堂，试图寻找城子自杀的真相。那天鸿兵也在，好像刚搬回来没两天，正和芳苓并肩坐在沙发上发呆，也不怎么说话，精神状态显得有些萎靡，头发白了不少。好像城子一走，也带走了这个家最后的生气。其实我们这代父母，大概是最悲情的一代了，几乎每家都只有一个孩子，孩子只要一离开家，就剩下两个人，像缺了点什么。鸿兵看到我，什么也没说，倒是芳苓想起身给我们倒杯水，却发现茶几上的热水壶已经空了。她说，我去沏点茶。小诺他妈连忙拦下她说，你不用忙活。芳苓有些愧疚，撇了撇嘴说，自从城城走后，都不知道怎么过日子了。我连忙说，许诺不在的时候，我们也一样。芳苓点了点头，没有吭声。尽管我们一再阻拦，她还是执意去厨房烧热水。鸿兵耷拉着头，也不知道在想什么。我们坐下以后，一时间谁都没有说话。我四处打望了下，客厅里还照例摆放着城子生前的照片，好像他从未离开过。

沉默半天，我先开了口，说，城子是个好孩子。鸿兵低着头不说话。我又说，也别太难过了，身体要紧。鸿兵叹了口气，眼睛里颓废得连一丝光都没有。这时候，芳苓回来了，说，你说城城怎么就这么走了呢？有什么事不能跟我们说呢？说完芳苓的眼泪就开始打转了。小诺他妈往旁边坐坐，轻轻地抓住了芳苓的手。芳苓说，小诺妈你说，城城为什么要走？小诺他妈安慰说，你别想太多了，城子要是还在，肯定不愿意看到你们这样的。芳苓自顾自地说，城城为什么就这么狠心呢？小诺他妈叹了口气，伸手轻轻抱住芳苓说，可能是老天爷想城子了吧。芳苓的眼泪突然就掉了下来。她连忙转过身子，悄悄拭泪。我们四个人又陷入了沉默。这个时候水烧开了，芳苓起身去倒水。鸿兵突然问，老许，你见到城子的时候，他还活着吗？芳苓的背影微微颤抖了一下，然后进了厨房。我转过头，努力回忆说，我也拿不准。那天晚上我一看是城子，心里立时慌了，就跑出去叫人。后来我和毛头试了一下他的鼻息，已经……没有呼吸了，但是身子似乎还有点温度。鸿兵愣了一下，又说，那他走的时候，难受吗？我还没有开口，鸿兵又抽泣着说，我就是想不明白，他为什么要自杀啊！我也被悲伤的氛围感染了。我说，鸿兵，你别太难过。这时候芳苓已经给我们倒水回来，轻轻坐在一边倾听。小诺他妈也说，城子这么好的孩子，老天爷这是妒忌。城子去了那边，他爷爷奶奶一定会好好照顾他的。鸿兵擦了把泪，点头说，他爷爷奶奶会好好照顾他的。我说，鸿兵、芳苓，你们两个要好好吃饭，看开一点，城子虽然走了，但咱们也得好好活着。芳苓眉眼低垂，小声说，城城走了，活着还有什么意思呢？小诺他妈看了我一眼，握住芳苓的手说，你别这么想，什么事情都得向前看，不是吗？鸿兵和芳苓没有说话。许久，芳苓抬头说，说，小诺爸妈，让你看笑话了。我说，哪有的事儿。以后要有什么事情，你们随时言语。两个人点点头，又沉默起来。小诺他妈说，你们平时要没什么事儿，就多去我们家走走。芳苓点了点头。我看了一眼鸿兵，说，鸿兵，有个事儿我想跟你说，拆迁协议我准备签了。鸿兵抬起头，看了我很长时间，说，老许，你恨我吗？我说，有什么恨不恨的，咱们从穿开裆裤就认识了。我还不了解你。饭庄我都收拾好了，这两天我就过去签字。鸿兵似乎笑了一下，又似乎没笑，只是轻轻地摇了摇头，没有说话。

我从未见过鸿兵这副样子。在这之前，他都是一副乐观自信、侃侃而谈的模样，就如山中的猛虎一样，全身上下散发着一股威猛之气。但是那一天，他好像是被摘了虎胆的老虎，再也没有一丝咄咄逼人的气息了。他的眼神空洞悲伤，了无生气。我和小诺他妈坐了一会儿，就起身离开了。鸿兵和芳苓把我们送出来。我拦下说，你们别送了，有空多出去转转，不要闷在家里。芳苓说，知道了。我说，鸿兵，你也是，多注意身体。鸿兵点了点头。下楼的时候，鸿兵突然叫住我说，老许。我回过头看他。他说，谢谢。我看着他，摆了摆手，没有说话。

第二天我就去拆迁办签署了拆迁协议。拆迁办主任看到我去签字，有点不可思议，说，许正东，太阳从西边出来了？我笑了笑。他把资料找出来，告诉我在哪哪儿签字。我也没怎么细看，就按照他的意思，把字都签了。签完字出来，走在大街上，我突然觉得心情特别舒畅，好像卸下了一份重担，连走路都轻快了。晚上的时候，我给小诺打了个电话，告诉了他我的决定。小诺听了也很赞成，说签了挺好的。我说，这一直是你鸿兵叔的心病。小诺嗯了一声说，鸿兵叔和芳苓姨还好吗？我说，说不上好坏，就那样吧。城子走了，他们不好受。小诺又嗯了一声说，爸妈，你们平时多注意身体。我说，知道，我跟你妈吃得好，睡得也好。倒是你，一个人在外面，你妈妈有点不放心。他说，都挺好的，你们放心。我想想说，小诺，其实百脉饭庄是你爷爷想给你的，我没留住。小诺笑了笑说，小时候爷爷给我说过百脉饭庄的事儿，那里的一块砖一片瓦，他都能说出个子丑寅卯。我说，那是你爷爷的执念。他说，爸，那你对百脉饭庄有执念吗？我想了想说，说不上，就觉得是你爷爷交给我的，不能丢。小诺没有说话。我说，其实这也没关系，我看开了，人这一辈子，没什么不能丢的。留也留不下。小诺说，丢就丢了，只要咱们家都好好的就行。我说，是啊，只要我们家好好的就行。后来我们就没话说了。小诺说，先这样吧，爸，我挂了。我说，行。然后电话就挂掉了。

后来听说鸿兵在一个清晨带着黄纸去了黎家的坟头，在父亲的坟前烧了一刀纸，告诉父亲百脉饭庄已经收回来了。等到他从墓地回来，在家里吃过午饭，又去了教堂。街上的人看到他似乎又恢复了以往的神态。尽管他穿着干净，看起来同以前并无两样，但很多人还是从他的神态中看出了哀伤和衰老。当时小诺的妈妈站在街头，跟他打了招呼，他都没有听到，好像被什么吸引着一般，在红楼教堂对面站了一会儿，径直走了进去。鸿兵走进教堂以后，孟官镇开始淅淅沥沥地下起了雨，此后一连几天都没有停歇。鸿兵在教堂里待了很长时间，谁也不知道他在里面究竟干吗。等到他从教堂走出来，整个人很快就被雨水浇透了。看守教堂的老刘头见此情景，连忙跑出来给他递了一把破伞。鸿兵摆了摆手，没有理会，淋着瓢泼大雨回了家。三天以后，雨势减小，孟官街上突然出现了一群人。他们有的打伞，有的披着雨衣，一圈圈围着百脉饭庄附近观看。街上的人议论纷纷。当时在午阳台球厅避雨的人也看到了，但都不知道怎么回事。后来街上就传出说鸿兵想要打造孟官文化广场的事情。

谁都不知道鸿兵究竟是怎么想的。几天以后，我正在小区楼下看人下棋，鸿兵走过来了，叫我名字。我转身问他怎么了。他说，我找你有事儿。我们两个一起上了楼。经过城子的事情之后，我看到鸿兵明显沉默了很多，总是有些心不在焉。坐下以后，他愣了愣神，才跟我说，他已经辞去了公司的职位。我给他倒了杯水，告诉他我已经听说了。他说，我打算把百脉饭庄前的土地改建成一片广场。我说，广场？他说，对。我想了想，才明白之前那些人来来回回在百脉饭庄附近观望是怎么回事了。我说，鸿兵，你怎么想的？他说，政府原本就打算在317号地附近规划文化广场，我打算做点有意义的事情。我坐下来，说，那挺好的。他说，我和芳苓忙碌一辈子，无非就是为了城子。但是现在城子已经不在了。我们觉得好像生活也没有了希望。我说，别这么想。他摆了摆手说，听我说，我打算在广场上给城子树一座纪念雕像。我说，这能行吗？他说没什么不行的。我说，那就好。鸿兵嗯了一声说，百脉饭庄我不打算拆了。我看着他，等待他说出缘由。他苦笑了一下，说，老许，我跟你争了半辈子百脉饭庄，到头来才觉得毫无意义。我没有说话。他说，百脉饭庄的整体骨架是清末建筑，说不定以后还能申请一个文化遗产，我打算留着了。我说，那挺好的。他说，老许，百脉饭庄我还是想让你来经营，我想过了，百脉饭庄经营了几十年，已经是咱们这里的一个地标，不能没有了。我想了想，没有直接拒绝，说，这个事情，我得跟小诺他妈商量商量。他说，不用商量。百脉饭庄，以后还是你们的。我愣住了。他说，我已经没有城子了，这些事儿就当为街坊邻居做点贡献吧。说完他站起来要走。我说，鸿兵，这个事情你再想想。他笑了笑，笑容有苦涩，说，还想什么啊。说完就出门了。

从那之后，鸿兵就把自己的生命投入到了文化广场的建设上面。他托人从北京请来一名雕塑大师，为城子雕刻了一座骑着摩托的雕像，准备放在文化广场，作为孟官镇的地标建筑。为了这事儿，鸿兵几乎投入了自己全部的身家。他白天在百脉饭庄门口监工，到了清晨和傍晚，就走到龙山街散步，好像只有这样，他的心里才能好受一点，因为每当有风吹过，他都能感觉到城子从远方传来的气息。得知鸿兵在打造文化广场一事，越来越多的人闻讯赶来，自发地帮忙建设。那段时间，我们经常能看到不同的建设队伍加入进来，半年之后，广场的地基全部打造完成。

雕像竖起来的那天，很多邻里街坊都来了。我们看着城子的雕像从孟官街穿过，然后竖立在百脉饭庄的南边。孟官文化广场建成的那天晚上，小诺突然打来电话，说要带女朋友回家。他从来没告诉我们有女朋友了，后来才知道，那个女孩叫宋琪，是小诺他妈朋友介绍的。许诺带着宋琪回来的那天，我们一起在家里吃了个饭。以前小诺他妈总是念叨着要个儿媳妇，现在儿媳妇回来了，她又不知道该怎么说了。吃完了饭，小诺跟我说，爸妈，其实这次带宋琪回来，我们是打算结婚的。我和小诺他妈愣了半天，也不知道该欢喜还是忧愁，原来这孩子，早就有了主意。对于他的婚姻大事，我们其实没有太多意见。对于宋琪这个姑娘，我和小诺他妈私下也说过，看着不错，待人接物也好，我们两人也就点头同意了。后来小诺又说，他希望到时候鸿兵和芳苓也能来参加婚礼。我觉得有些难为情，毕竟城子刚走一年，现在小诺结婚，邀请他们来参加，不过徒增伤悲。后来小诺他妈说，小诺，这件事情，我们觉得还是你跟鸿兵叔说比较好。小诺想了想，同意了。等到晚上，小诺提着一箱酒就去了鸿兵家，很晚才回来。回来的时候小诺有些醉醺醺的。他对我说，爸，我跟您说个事儿。我说，什么事？他说，我认了鸿兵叔当干爸，以后我给他养老。我说，他还用你养？他带着哭腔说，爸，城子是我兄弟啊！

虽然我这么说，但我还是替儿子感到高兴，那一瞬间我突然觉得他长大了，而我们也老了。

18 宁檬

我记得很清楚，那天是四月十一日，星期五。下班的时候，我在法院门前碰到了小满。开始我以为他有什么重要的事情，后来才知道是为我而来的。他穿着白色的衬衣和黑色的休闲裤，在暖黄色的夕阳下显得帅气挺拔，就像长在那里的一棵白杨树。有一瞬间，我以为自己看到了许诺。见我出门，他挥了挥手。我走上前说，你怎么在这儿？他说，等你下班啊。我笑了笑，带着质疑的眼神看他。他说，你这是什么表情？我说，今天太阳打西边出来了？他侧了侧身说，你看看呗。我伸手打他一下说，正经点。他没有说话，转身背着手往前走。走到停车场，我从包里拿出钥匙，打开车门。小满说，我来开吧，送你回家。我调侃他说，开着我的车，送我回家？他给我打开车门说，这待遇一般人可享受不到。我懒得和他辩解，就坐到了副驾驶的位置。

我还以为他找我有什么事情，但走了半天一句话也没说。我忍不住开口询问说，你是不是找我有事儿？他说，没事儿啊。我说，不信。他看了我一眼说，没事儿不能找你？我说，能。车子穿过百货大楼，梧桐树下的广场角上，几个穿着艳丽的阿姨正在跳舞。麦芽酒吧的门外，老人们正围着下棋，几辆汽车接连驶过，扬起一阵灰尘。我侧头看着他们，愣了愣神。就是那个时候，小满突然提起话头，问我前两天的相亲怎么样。

他说的是宋阿姨介绍的男孩，比我们大两岁，在市里一所中学当地理老师。见面那天，他穿得很干净，笑容也很温暖，吃饭的时候还特意帮我夹菜，照顾得很是周到。可是一路聊下来，我就是找不到一丝喜欢的冲动。我们两个人坐在餐厅里聊天，就像多年不见的老朋友，他说一句，我回一句，报告一下各自的生活。后来他说，我已经买了房，随时可以结婚。我笑了笑没说话，心想不知道什么时候开始，大家竟然都变得这么世俗了。吃完饭，他想约我看电影。我站起来，提起手包说，谢谢你。电影先不看了，时间不早了。他点了点头，没有勉强。走出餐厅，他在门前停下了，悄悄问我说，那个，不知道你觉得我怎么样？我看了看他说，挺好的，就是觉得缺点什么。他嗯了一声，好像明白了我的意思。他说，回去我会跟宋阿姨说，你人很好。我说，谢谢。临分开的时候，不知道为什么，我突然就说，其实我心里一直有一个人，我忘不了他。他静静地看着我，那张俊朗的脸上突然浮现出一丝难以名状的神色，但稍纵即逝。他点点头，微笑着说，希望你能遇到爱情。我说，你也是。后来我们就再没联系。

我没想到小满会问这事，于是摆弄着刚刚做的新指甲说，不喜欢，一点都不喜欢。

小满好像有些急了，说，你都老大不小了，能不能别挑三拣四的，差不多得了。我说，你以为菜市场买菜呢。他说，不一样嘛？我说，当然不一样了。晓晓那么喜欢你，你怎么不从呢？他说，这是两码事，我现在说的是你的事。我笑了笑，盯着前面的路和树说，我们都一样。别人的事情，说起来一套一套的，轮到自己了，怎么着都不行。小满说，谁说的，我们好着呢，过了年就结婚。我说，算了吧，你说多少回了。晓晓看上你，算是倒了大霉。他抬高声音说，我现在说的是你的事。我转过了头，不理他。他笑了笑，侧着头看了我一眼，犹豫半天，支支吾吾地对我说，宁檬，许诺要结婚了。我愣了一下，说，你说什么？他盯着前方说，许诺要结婚了。我感觉胸口像被什么撕裂开了。我看着小满，掩饰住内心突如其来的难受，装作毫不在意地说，小满，你没骗我吧？他说，是真的，许诺亲口告诉我的，就是不知道该怎么跟你说。我转过头说，我不信。说完眼泪就不争气地掉了下来。

可能我和许诺真的没有缘分，但喜欢上他，是在高一那年的演讲比赛上。那时校园里绿树葱茏，我们坐在阶梯教室里等待着开场。作为演讲者之一，许诺不知道因为什么事情迟到了，最后一个学生演讲结束的时候，他才突然出现在教室门口。那天他没有穿校服，上身是一件白色的衬衫，下身是宽松的蓝色校裤，配了一双崭新的篮球鞋。他高昂着头，挺起胸膛，在大家诧异的神色中走上讲台，用一种温和而又磁性的声音开始了他的演讲。我记得他演讲的题目是《在梦的海洋里扬帆起航》，内容早就不记得了。很多年以后，我还时常想起十六岁的他站在讲台上演讲的情形。他像一棵白杨树挺立在那里，脸上的神情充满了阳光的味道，偶尔低头看看稿子，带有磁性的声音像从夏天的天空中钻出来似的，然后如风一般扑面而来，闯进了我的心怀。那次演讲为许诺赢得了一阵又一阵的掌声，结束的时候，所有人都站起来为他鼓掌，只有我坐在那里，面带微笑看着这个和我一起长大的男孩子，既熟悉又让人陌生。演讲结束以后，他从讲台上走下来，朝我和小满坐的方向眨了眨眼。我看着他的眼睛，里面折射着夏日的光芒，把我整个人都照亮了。那是第一次，我看着他，突然产生了异样的感觉。从那以后，我每天都会观察许诺，看他听课、学习和打球。我会把我俩每天经历的事情写到日记本上，一读再读；我会偷偷在深夜的灯光下，画下他的侧脸；我会在闷热的午后，幻想和他走到一起后的生活。那一年里，没有人知道我暗恋着许诺，他就像深藏在我内心深处的隐秘之地，刺激而又美好。

几天后的下午，当我和美宁一起去学校超市的时候，在篮球场上看到了许诺。他正在和小满他们一起打篮球。我看他运球、起跳、上篮，一系列动作下来，让人想为他尖叫。他转过头，正好看到了我们，朝我们做了一个胜利的手势。我也兴奋地跟他挥了挥手。离开篮球场以后，我感觉自己心跳得厉害。美宁是个聪明的女孩子，当即看出了我和平日的不同，问我是不是喜欢许诺。我就这样被她看穿了，但我还是装作若无其事的样子，打了她一下说，你胡说什么呢？她说，你的脸都红了。我摸了一下自己的脸，感觉烫得厉害。她大笑起来，说是跟我开玩笑，然后说，你知道吗？我在书包里发现了一封城子给我写的情书。我当然知道城子喜欢她。因为那封情书是我帮城子塞进美宁书包的。我装作惊讶的样子问，天啊，你要恋爱了。美宁有些害羞，推了我一下说，我还没答应他呢。后来美宁偷偷把我拉到教学楼外的树林里，问我该怎么办。我说，你喜欢城子吗？她说，我也不知道。不知道怎么的，我突然感到一阵失望，就像感受到了许诺对我的感情。从此之后，每当我和许诺在一起的时候，总是试着观察他对我的态度，期望他会喜欢上我，可是直到高中毕业，他也没有对我有所表示。

小满看了看我，说，宁檬，你没事儿吧？我抽出纸巾，擦了擦眼泪，说，都怪你，把我妆都弄坏了。他伸过右手，拍了拍我的头。我说，小满，你陪我去唱歌吧。他看着我说，你认真的？我说，是。他说，行，没问题。于是他掉转车头，带我去了快活林。

快活林的前台阿瑜看到我们，热情打招呼说，宁檬啊，有阵子没看到你来了。我说，单位忙。她笑了笑，帮我们开了一个房间，说，还是老地方，521。我说，行，知道了。小满说，谢谢你阿瑜。阿瑜朝他暧昧地笑笑说，不客气。进了包间，我一下子把包扔下，对站着的服务员说，给我来一箱酒。小满吓了一跳，说，别，给我们来两瓶雪碧。我说，一箱酒。小满说，一瓶酒，一瓶雪碧。我说，一箱酒！小满说，好吧，一箱酒。我拿过话筒，点了一首陈奕迅的《好久不见》。酒上来后，我拿起瓶仰头喝了一大口。小满看着我说，宁檬，你这是干吗？我说，你别管我。他说，你冷静点。我有些不耐烦，朝他大吼说，你闭嘴！那天我霸占着话筒，唱了十几首歌，一边唱一边喝酒。小满有些无奈地看着我。他中间劝过我几次，都被我骂了。

其实，大四期末，许诺离开学校之前，我见过他一次。我是背着小满他们去的。那会儿我和许诺在电话里聊天，他说每当春天和秋天，他们学校的玉兰花都开得特别好看，我就萌生了去找许诺的想法。十月的时候，我借口说和同学去黎城玩，才见到了许诺。我没有让他告诉任何人，包括城子。他似乎知道我的想法，什么也没问。那天我在他们学校门口见到他，他穿着整齐，面容笑容，一如我记忆里的少年。他带我逛了他们学校的食堂、操场和教学楼，每个他生活的地方，我都跟着走了一遍。后来我们还一起去海边看了日落。那两天我很开心，想着如果以后能一直这样就好了，谁承想回程的时候，许诺突然告诉我他有了喜欢的姑娘。开始我还以为他说的是我，没想到是别人。等到许诺说出那个女孩的事情，我愣住了，半天才问，许诺，你开玩笑吧？许诺摇了摇头说，是真的，我喜欢她，我们就要在一起了。当时我没说话，就觉得眼前一片模糊，许诺的身影有些看不清楚了。我怕在他面前哭，就上前抱了抱他。他轻声问道，宁檬，你没事儿吧？我摇摇头，从他手里夺过行李箱，转身进了车站，随后眼泪就不争气地涌了出来。我越是控制，眼泪越多。等上了车，我再也忍不住了，站在车厢里号啕大哭。列车员吓了一跳，上来问我怎么了。我没理他，只是一味地哭。他赶紧把我拉到休息室，倒了杯水。我说，叔叔，我有票。然后就开始一边哭一边找我的票。他说，小姑娘，我相信你有票。这样，你先休息休息吧。我抹了抹泪，说没事。他看了看我，然后就让我走了。

我坐到位子上，才想起和许诺要那姑娘的照片。当时我就想看看，他喜欢的人，究竟是什么样子。起初许诺不想给。我打电话过去，跟他说，许诺，我就想看看你喜欢的女孩什么样！过了一会儿，许诺给我发来照片。我看到姑娘明媚皓齿，灿若桃花，然后就更难受了。

回想往事，好像我从来就没有进过许诺的心。小满知道我心里不好受，就没再说什么。唱完了歌，我坐到小满身边，把头靠在他的肩膀上。他脚踩着桌子，慢慢地喝酒。对面的屏幕上，放着悲伤的情歌。小满伸出胳膊抱了我一下，安慰说，宁檬，没事儿的。我原本哭干的眼泪又流了出来。我说，是啊，本来就没事儿，有什么事儿呢？小满没有说话。我喝了口酒，大骂说，许诺这个王八蛋！他说，是，是他瞎了眼。我说，是他结婚不告诉我！小满看了看我说，宁檬，你喜欢许诺什么呢？我想了想说，我不知道，我不知道我喜欢他什么。说完我突然想唱歌，刚想起身就被小满拉住了。他说，宁檬，你休息休息吧。我说，好，那喝酒。我端起酒杯，让小满陪我喝酒，可是越喝我就越想许诺。好像当时陪我喝酒的不是小满，而是许诺。后来我就喝多了，晕乎乎的，趴在小满的肩膀上睡了一小会儿。不知什么时候，小满拍了拍我说，宁檬，咱们回家吧？我的大脑一片昏沉，嗯了一声。他扶着我站起来，走出了包间。我不知道小满是怎么把我带回家的。回家之后，妈妈看到浑身酒气的我们，吓了一跳。她大叫着说，小满，你们这是怎么了？小满说，阿姨，没事。我笑着朝妈妈摆了摆手说，妈，我们去喝酒了，喝了一大箱。你要不要喝？她气得跺了下脚，把我拉过来，说，这孩子，怎么回事？说完帮着小满一起把我扶进了房间。我一下子就倒在了床上。小满帮我脱掉鞋，妈妈帮我盖上被子。我隐约听到她有些生气，问小满说，小满，你们干什么去了，宁檬怎么喝这么多酒？只听小满轻声说，阿姨，许诺要结婚了。我感觉大脑嗡的一下，又想起了许诺。妈妈没有说话。我听到小满说，阿姨，您煮点姜汤给她喝吧。妈妈说，知道了，谢谢你小满。小满说，没事的。然后两人就关上了门。我听到他们好像在门口说了会儿话，然后是开门关门的声音，应该是小满走了，随后卧室响起了敲门声，我没有理会。妈妈走进来看了看我，柔声说，女儿，你干吗折腾自己？你这个样子，让妈妈很心疼，你知道吗？我闭着眼睛，没有回应。我不知道怎么回应，突然感觉眼泪流了下来，像一条永不干涸的河。半晌以后，我听到妈妈叹了口气，轻轻地关上了门。

其实我没有喝醉，脑子里很清晰，可就是不想动。也不知道躺了多久，我突然看到了许诺，是年轻时候的他。他和我面对面躺在床上，微笑着看我，笑容就像夏天的阳光。我伸手想摸摸他的脸，他却一下子消失了。我一时怅惘，心中无比失落。过了一会儿，我摇摇晃晃地站起来，从衣橱里翻出那条一直珍藏的围巾。那是许诺在高三那年送我的生日礼物。我记得即将过生日的时候，小满他们问我想要什么，我跟许诺要了一条围巾。这样每当冬天的时候，冷风吹过，围着围巾就像被许诺抱在怀里。可是等他送了围巾，我又舍不得用了。我把围巾放在衣橱里，没事的时候就拿出来看一看，摸一摸，就像少年时候的他一直陪在我身边。我把围巾展开轻轻地缠绕在脖子上，轻轻叫他，许诺。那天我把所有关于许诺的东西都铺在床上，想让许诺陪伴着我。我轻轻地躺在它们中间，回想起青春时候的心事，慢慢睡着了。第二天早上，妈妈敲了敲门，问我感觉怎么样，还上不上班。那个时候我已经醒酒了，看了看床上的东西，突然觉得好像一切都已经过去了。妈妈大概知道我难受，也没有多问。我回她说，上班。妈妈说，要不休息一天？我说，不用。我挺好的，妈，放心吧。她看看我，又说，早饭已经做好了，起来吃吧。我说，知道了，妈。我有些头疼，但还是站起来，把那些东西装进了一个袋子。过了一会儿，母亲又进来催我，说，你鼓捣这些东西干吗？我把所有的东西都收拾好了，堆在房间门口说，妈，这些东西您替我扔了吧。母亲看了看，惊讶着说，都扔了？我说，对，都扔了。这些都是许诺送的，不要了。母亲明白了，点了点头。我用余光看到了，没有说话。不知道从什么时候起，母亲似乎矮小了很多，眼神也变得小心翼翼的，再也不是我心目中那个高大漂亮的妈妈了。

一周以后许诺回到孟官，特意约我见面。我本来不想见他，后来还是去了。刚一落座，许诺就跟我说，宁檬，我准备结婚了。我说，我知道。许诺说，嗯，对不起。我说，别这么说，你没有对不起我。他沉默半天说，宁檬，你能来给我们当伴娘吗？我突然一阵委屈，看着他说，许诺，你结婚的事情为什么不早告诉我呢？他说，我不是让小满通知你了吗？我笑了笑，不甘心地问，你为什么不亲口告诉我？他说，宁檬，我没想那么多。我悲伤地说，那我在你心里，究竟算什么呢？他似乎有点不知所措，又有些不耐烦，说，过去的事情我们就不提了吧，向前看，对吗？我也希望你能找到属于自己的幸福。我看着眼前的这个男人，突然有种说不出来的难过。他把头转向别处，似乎是在躲避我。

我想了想说，许诺，我答应了，做你妻子的伴娘。

许诺结婚的时候，百脉饭庄重新装修了一番，华丽壮观的门面比以前更加气派，大理石石柱上的雕花在岁月的打磨下闪着暖黄色的光芒。百脉饭庄斜对面，是正在建设的孟官文化广场。广场前面，城子骑着摩托车飞驰的雕像迎风而立，好像在诉说着一段无法追忆的时光。

那段日子，孟官镇正处于发展时期，刚刚上任的市长铆足干劲，把百脉泉附近所有的房屋都拆了，要重新规划建设，打造北方园林城市。一座座房屋在尘土飞扬中被挖掘机推倒，一辆辆拉着黄沙和砖块的卡车进进出出，一棵棵挂满岁月的树木也在喧嚣中倒下了。孟官镇正在不断地被重新描画，昔日的景象逐渐成了心底的一张旧照片。每当走在种满柳树的街上，我总是会想起记忆里那片阳光明亮的黑白屋顶，再后面，是墨绿色的山和淡蓝色的天，我和许诺他们一起骑着自行车从成片的树荫下穿梭而过。可是如今城子不在了，许诺结婚了，我依旧是形单影只，孑然一身。每当回忆往事，我都觉得命运之网似乎早已织就，什么时候什么地方，遇到什么人和什么事，一切都是命中注定。而我和许诺，终究未能如少年时期所愿，走到一起。那些难以捉摸的年少心事，也已随着正在改变的孟官镇慢慢消逝了。

许诺结婚，成了我们街上的盛事，因为孟官镇已经很久没有喜事了。正东叔原本不想待客，打算一切从简，但经不住街坊邻居一再劝说，加上随礼的客人络绎不绝，只好在百脉饭庄办了婚宴。许诺结婚前一天，我让小满陪着去济南的一家婚纱店买了一件漂亮的伴娘服。那天晚上，大家在孟官街上敲起锣鼓，彻夜欢庆。许多人借助酒兴在楼下跳起了我们童年时候的舞蹈，好像一下子又回到了小时候。许诺家所在的小区灯火通明，四处都洋溢着欢庆的氛围。我们几个年轻人在楼上大声放着音乐，玩着扑克牌，直到晚上十点，正东叔来叫许诺去睡觉，我们才渐渐散去。

第二天我早早地就去了新娘家里。宋琪看到我来，连忙起身招呼说，宁檬，你来了啊。

两天前我们在许诺家里就已经见过了。当时许诺向她介绍我说，这是我的好朋友。我笑了笑，说，你好。我见宋琪长得漂亮，又有大家闺秀的气质，心里颇不是滋味，好像一下子被她比了下去。她笑着对我说，真不好意思，麻烦你了。我本来想找同学的，但时间上不适合，只能麻烦你了。我说，没什么，我和许诺从小就认识了，应该的。她笑着说，许诺也这么说，从小到大，就只有你这么一个要好的异性朋友。我看看许诺，见许诺的眼睛温柔如水，一个劲地看着宋琪，突然觉得有些难受。那时我才突然意识到，许诺找到了他真正喜欢的女孩。

我看着身穿婚纱的宋琪，羡慕不已。她说，你看我这身好看吗？我打量了一下，说，好看啊，今天你是最漂亮的新娘。她说，谢谢你。我笑了笑。七点多的时候，鞭炮炸响，门外也热闹了起来，是许诺他们来了。小满他们为了入门，哄闹着把宋琪家的屋门给撞坏了。破门的时候，我看到许诺身穿西装，高大挺拔，手捧鲜花走进来，差点以为自己就是等待他的新娘。

许诺把宋琪娶回家后，我和小满等人一起去了酒店。婚宴间人们聊起过去的喜怒哀乐，像过年一样。等待典礼的时候，小满对我说，你觉得新娘子怎么样？我说，挺好看啊，怎么了？他凑上来说，我觉得没你好看。我白了他一眼说，少来。他耸了耸肩，没有说话。我说，你什么时候结婚？他说，快了吧。我说，快了是什么时候？他说，快了就是快了。婚礼上，鸿兵叔和芳苓姨也来了。他们被邀请到了上席，和许诺的父母一起接受两位新人的答谢。当许诺和宋琪向鸿兵叔和芳苓姨鞠躬后，鸿兵叔掏出了一个红包，还有一张纸片，递给了许诺。后来我们才知道，那是百脉饭庄的地契。正东叔看到了，连忙拦住了鸿兵叔，说，鸿兵……鸿兵叔拍了拍正东叔的手，示意让他宽心，说，地契没有用了，就是我的一点心意。许诺看着父亲，不知道接受还是不接受。鸿兵叔又说，留着它，当个纪念吧。许诺看到父亲点头，才把地契接了过来。我看到芳苓姨悄悄地拭了拭泪。

典礼之后，新郎和新娘开始一桌桌挨个向客人敬酒。到了我们这桌，我给自己倒满了酒。许诺见状说，宁檬，你少喝点吧。我说，你大喜的日子，开心。许诺笑了笑，从桌上拿起酒，也倒满了。宋琪也想满酒，却被许诺拦住了，说，你少喝点。两人相视一笑，而我看在眼里，感觉一阵心酸。许诺说，谢谢你，宁檬。我说，祝福你，许诺。我们三人共同举杯，仰头喝下。喝完酒后，我的脸一下子就红了。许诺拍了拍小满说，小满，照顾好宁檬啊。说完又和宋琪去了别桌敬酒。小满看了看我说，干吗，借酒消愁？我说，我乐意。说完又想倒酒，却被小满一下子拦住了。他夺下酒瓶说，你疯了？我直直地看着他，说，把酒给我。他说，你不能再喝了。我说，我想喝酒。说完就上去和他抢酒瓶。旁边的美宁也跟着劝慰，但我谁都没听。最后美宁说，小满，不行你就让宁檬喝点吧。小满有些无奈，把我的酒杯拿过去说，我给你倒。趁着他倒酒的间隙，我一下子就把酒夺了过来，给自己倒了满满一杯。

后来我喝得有点多了，在酒店的休息室躺了一会儿。等到小满叫我的时候，婚礼已经结束了。我睡眼惺忪地说，结束了？小满说，结束了，我送你回家。我愣了愣说，就这么结束了？他说，对，就这么结束了。我站起来，感觉依然晕乎乎的，走不动路。小满搀着我下了楼。走到大厅前，我们碰见许诺和宋琪正站在酒店门口，对参加宴席的宾客鞠躬谢礼。许诺看到我，上来说，宁檬，你没事儿吧？我摇了摇头说，没事。小满说，宁檬喝多了，我送她回家。我说，我没喝多，你才喝多了！这时宋琪也走上来，轻轻地抱了我一下说，宁檬，今天辛苦你了。我看着她，一时不知道该说什么。小满搀着我继续往前走。我突然觉得脑子一片空白，挣脱开了小满，朝许诺扑去。许诺连忙扶住了我。我趁势凑到他耳边说，许诺，祝你幸福。许诺说，谢谢你。小满连忙把我拉过去，说，喝得真是有点多，你们忙，我们先回去了。许诺点点头，和宋琪一起送我们出来。小满拉着我上了车，把我放在后座。我说，小满，我没喝多。他说，我知道，你好好的，咱们回家。我说，我要去前面。然后不由分说就坐到了副驾驶位。上车以后，我摇下车窗，摇头晃脑地对许诺说，我们走了，许诺。许诺点点头说，宁檬，回家好好休息。小满，开车慢点。小满说，我知道。

小满关上车窗，驶上孟官街。我瘫在座椅上，满口酒气地说，小满，我不想回家。他说，你都喝成这样了，回家休息休息。我有点醉了，用力拍着他的头说，我不回去。他连忙用一只手把我按住，说，你冷静点，我在开车呢。我大声说，我不要回家。他说，那你想去哪儿？我一下就哭了，说，小满，我难受。他说，宁檬，一会儿就到家了，听话。我晃了晃身子，迷迷糊糊地说，小满，你知道吗？城子和何方圆的事情，是我告诉许诺的。他突然来了个急刹车，问，你说什么？

我猛地打了个激灵，意识渐渐清醒过来。

他把车子停到路边，看着我。我感觉自己的脸一下子就红了，烫得厉害。他看着我，我也看着他。沉默半天，我一口气说道，城子和何方圆的事情，是我告诉许诺的。那年秋天我去黎城，在车站看到城子和一个女孩手牵着手，样子十分亲昵，就想上前调侃他们，不想到了近处才发现，那个女孩是许诺的女朋友……

他说，你见过何方圆？

我说，许诺给我发过照片，我当时以为他们已经在一起了。后来我从网上查了她的资料，看了她生活的点点滴滴。其实我就是想看看许诺喜欢的女孩子长什么样。那天我去黎城，也是想看看真实的何方圆，看看许诺和她在一起过得好不好。如果他们好好的，我也就放心了。可是我没想到，何方圆身边站着的竟然是城子。我以为自己搞错了，路上跟了他们好久。我不知道怎么告诉许诺，害怕他难过，也害怕他受到欺骗，我不知道许诺的女朋友为什么会和城子在一起。我也没敢找他。后来我去许诺他们宿舍楼留了一封信，告诉了他何方圆和城子的事情……但是我没提城子的名字，其实当时就是想让许诺离开何方圆，我没想到他和城子会闹翻……

沉默半天，小满说，是这样吗？

我说，是。

他看看我，又说，可许诺不是这么说的，他说他是在校园里撞见了他们。

这次轮到我沉默了。我不知道许诺为什么会这么说，又或者他根本没有收到我的留信，甚至说我可能从未去过他们的宿舍楼。不知道怎么的，记忆开始在我脑中变得模糊了，好像很多事情从未发生过，而是我的幻想，它们和我曾经经历的往事相互交织融合，变成了现在的记忆。我苦笑一下，摇摇头说，我不知道。总之，我觉得对不起他们。

小满安慰我说，这不怪你。

我对着他笑了一下，眼里涌出了泪水。我想了想，继续说，二○一○年的冬天，也就是许诺去北京的那天，咱俩买了车票去黎城，想劝劝他。后来到了车站，车票丢了，我们没能赶上车。其实车票不是你弄丢的，是我趁你不注意偷了车票。那天我们快到车站的时候，我突然意识到，我没脸再见许诺，也没有勇气见他。那天我哭得很伤心，不是因为丢了车票见不到许诺，而是我知道我这辈子都不可能跟许诺在一起了。

他静静地听着我的讲述，没有说话。好像那个冬天发生的一切都已风轻云淡。我的脸上滑过两行泪水。他伸出手，慢慢地替我擦掉。

小满，我看着他说，对不起。

他伸手摸了摸我的头，把我揽在了怀里，说，不是你的错。

我低声抽泣说，我一直觉得，是我害得许诺和城子断绝关系，把我们的感情搞砸了。我一直在想，如果当初我没有告诉许诺那件事情，一切是不是会不一样呢？

小满说，也许事情不是这样子的，是你弄错了。

我呜咽着说，我错了？

可能我们都错了，他苦笑着摇了摇头，说，真相是什么，已经不重要了。重要的是，我们都影响了彼此的人生。

小满说得对。其实我们都是人生的推动者，也是命运的编织者，我们不断描画着自己的人生，也影响着别人的人生。回溯最初的那个原点，关于城子与许诺的决裂，甚至到城子的死亡，我们每个人都是参与者，我们走出的每一步，都让命运的洪流往前推进了一分，直至变成如今的模样。而我们这些人，自始至终，每个人的心底都隐藏着一个属于自己的秘密，因为这样或者那样的原因，不愿道给他人。

我躺在座位上，盯着面前的路，一动不动。小满没有说话，我不知道他在想什么，是像我一样在怀念和忏悔吗？还是在回忆我们的青春？我不知道，一切都如过眼云烟，越来越远。

我擦了擦脸上的泪痕，说，对不起小满，我骗了你。

小满笑了笑，没有说话。

良久，我看了看他，说，小满，送我回家吧。

小满点了点头，启动汽车，慢慢地朝前行进。一切恍然如昨。我把脸贴在窗边，看着朝后退去的行道树和人流，感觉就像坐上了开往昨天的列车，朝着记忆的深处驶去。

（全书完）

后记

世间万象，皆有因缘

几年前的那个春节假期，我和好友大臣、小静一起聚会。当时是在家乡的一个蒙古餐馆，应该是新开的店，还在路上的时候大臣就说这家的肉串味道不错，值得一尝。店里空间宽敞，进门能看到两个漂亮的蒙古包。我们坐进一个半开放式的包间，周围是圈雕花栏杆，又有亭台水榭的意味，虽然显得不伦不类，但却很有烟火气息。

那时刚近中午，人不是很多，偶尔还有马头琴的旋律传来。我们一边吃饭一边聊着当年的事情，然后彼此叹息感慨。我已经记不清当时是由什么话题引起的，小静突然就讲述了那个让我难以忘怀的故事开场：那年秋天，在我们家乡，一个刚刚从警校毕业的青年死在了黄昏的街头。

开始人们以为那是一场凶杀案，随着警方调查发现，青年其实死于自杀。然而青年家境殷实、生活安逸，他为什么要自杀？唯一能够明确的因由是，死前他曾经和即将结婚的女朋友吵过一架。没有人能够弄清事情的真相，也没有人可以还原当时的情形。案件就这样草草结束。这个故事一直萦绕在我心头，让我难以释怀。那段时期，我正在创作一部小说（可惜至今也没能完成），然而这个故事却时常不经意间冒出来，打断我的思绪。后来我为它写了一万多字的开头，想要继续展开的时候，却发现故事难以推动，就像一面无尽之墙堵在面前，怎么都找不到通往前方的路径。

此后这个故事总是断断续续出现在我的脑海里，而我也只能断断续续地写，像是不断收集着一块块拼图，期望能够把它拼合完整。

后来几次停笔，甚至推翻重写，我都没有想过放弃这个故事。好像冥冥之中一切都已注定，当那起事件发生之后，我就有责任和义务通过自己的方式把它讲述出来。直到二〇一八年初，我在家里翻看西方现代艺术史，重新看到保罗·塞尚的作品时，我才突然找到了它的叙事方式。在塞尚的作品里，每个完整的空间都是由大大小小的色块组成。或许，小说也可以这样写：只呈现碎片，而不进行完整构建。

尽管我知道，这样的讲述方式，使得所有情节都割裂开来，故事因为缺乏编织，它不再“精彩”，也不好读——因为不断变化的叙述视角，打破了日常的阅读习惯——甚至需要读者自己去寻找其中的草蛇灰线，才能看到故事的全貌。可是我觉得，这就是生活本身的样子，已经发生的事情，无论如何，我们也无法把它完整呈现。就像我喜爱的作家加西亚·马尔克斯在《活着为了讲述》中所说，生活不是我们活过的日子，而是我们记住的日子，我们为了讲述而在记忆中重现的日子。而这样的叙述，也映照了我从学生时代就接触的那些美术作品，它们都是由一块块的色彩拼合交织而成，各自独立又相互影响。

当然，这部小说是不成熟的。它是我在叙述语言和叙述结构上的一种尝试和练习。某种意义上，也是一次纯粹的自我表达。除了探究青年城子的死亡真相外，还试图阐释人与自我、人与人以及人与故乡之间的关系。虽然故事发生之时城子已经不在了，但他却是整部小说的主角，每个人都与其有着密不可分的联系，每个人曾经的选择和行为都如命定般导致了城子的死亡。回首审视，每个人又发现，自己的内心深处都隐藏着一个被时光描绘过的城子。

人的一生就是一场寻找的过程，只有在路上才能收获真实的自己。而对于来处，我们总是心绪复杂，难以言说。这也是我与故乡之间的关系。一个人只有远离故乡，才能更好地认识故乡。尽管书写故乡，或许早已过时，但是对于我来说，那依然是片不断滋养着梦想的热土。那片土地上发生的所有事情，无论美好还是丑陋，都值得记录。

感谢每个读完故事的你。

二〇二〇年五月

出 品 人：许　永
责任编辑：许宗华
特邀编辑：计双羽　王菁菁　王佩佩
装帧设计：沐　一
印制总监：蒋　波
发行总监：田峰峥
投稿信箱：cmsdbj@163.com
发　　行：北京创美汇品图书有限公司
发行热线：010-59799930

创美工厂
微信公众平台

创美工厂
官方微博